작가 유홍종의 신곡 읽기

신성한 노래를 들어라

작가 유홍종의 신곡 읽기 **신성한 노래를 들어라**

2011년 5월 9일 초판 1쇄 찍음 | 2011년 5월 9일 초판 1쇄 펴냄 | **지은이** 단테 알리기에리 | **엮은이** 유홍종 |
펴낸이 이향원 | **표지디자인** 김동연 | **펴낸곳** 소이연 | **전화** 031)603-5328 | **등록** 제311-2008-000019호

판매처 시간여행 전화 070-4032-3665 팩스 02)332-4111

ISBN 978-89-957477-4-2   03880
ⓒ 소이연 2011, Printed in Seoul Korea

* **값 12,000원**

이 도서의 국립중앙도서관 출판시도서목록(CIP)은 e-CIP홈페이지(http://www.nl.go.kr/ecip)와 국가자료공동목록
시스템(http://www.nl.go.kr/kolisnet)에서 이용하실 수 있습니다.(CIP제어번호: CIP2011001584)

작가 유홍종의 신곡 읽기

신성한 노래를 들어라

단테 알리기에리 지음 유홍종 엮음

소이연

단테 알리기에리(1265~1321).

신성한 노래를 들어라

《신곡》을 읽기 전까지 나는 인간의 사후세계에 대한 어떤 상상도 해본 적이 없었다. 사람은 왜 태어나서 살다가 죽는 것인지, 존재와 무란 도대체 무슨 의미가 있는지조차 몰랐기에 먼 훗날에 닥칠 죽음 이후의 문제에까지 감히 생각이 미칠 수가 없었기 때문이었다. 그런 터에 대학 시절에 도서관에서 우연히 손에 잡힌 《신곡》은 가히 충격적이었다. 그때까지만 해도 《신곡》은 이탈리아의 시성 단테가 9살 때 만난 구원의 여인상 베아트리체와의 슬픈 사랑을 쓴 로망으로만 알고 있었다. 그런데 《신곡》은 그런 범주의 책이 아니었다.

《신곡》을 읽은 후로는 나는 두 가지 놀라움에 사로잡혔다. 하나는 단테가 그 어떤 작가도 이전에 감히 상상하거나 쓸 엄두도 못 냈던 사후세계를 과감히 써냈다는 것이었고, 또 하나는 작품이 암호처럼 난해한 어휘들로 가득 채워졌다는 것이었다. 그래서 《신곡》은 내게 있어 지금도 여전히 읽기 벅차지만 또한 호기심을 자극하는 책이다. 단테가 사후세계를 인류에게 제시하려고 했던 대담한 발상과 용기에 경의를 표하지 않을 수가 없다.

나는 어렸을 때부터 죄를 저지르면 살아서 벌을 받지만 혹시 못 받는다 해도 죽어서라도 반드시 죗값을 치러야한다는 말을 자주 들었다. 또 머리에

뿔 달린 염라대왕이 가시 돋친 몽둥이를 들고 서 있는 만화 같은 그림을 많이 보면서 지옥에 대한 암시를 받아왔었다. 착한 사람은 천당 가고, 악한 사람은 지옥 간다는 당연한 결말이 내 머릿속에는 고전적인 권선징악의 공식처럼 관습화되어 있었다.

내가 지옥에 대해 처음 알게 된 것은 불교를 통해서였다. 불교에서는 사람이 죄를 짓고 죽으면 수미산 대륙의 섬 부주 밑에 있는 지옥으로 떨어진다고 한다. 지옥에 가면 가장 먼저 염라대왕과 첫 대면을 하게 되는데, 염라대왕의 모습은, 고대 인도의 산스크리트 대서사시 <마하바라타>에 보면, 핏빛 붉은 옷에 왕관을 쓰고 눈이 넷 달린 두 마리의 개가 끄는 마차를 타고 나타난다. 염왕은 손에 늘 곤봉과 올가미를 들고 있다. 올가미는 죽은 자의 영혼을 묶는 포승줄이고, 곤봉은 정의로운 판단을 내리고 악을 궤멸시키는 무기를 뜻한다. 게다가 붉은 눈에 곤두선 머리와 까마귀부리의 코를 가진 저승사자들이 검은 망토를 쓰고 죽은 자의 영혼을 염왕 앞에 대령시킨다. 염왕은 저들 영혼이 세상에서 지은 죄의 명부를 보고 어느 지옥에 처넣을지를 결정한다.

지옥에는 열 개의 형장이 준비되어 있다. 형장의 벌은 죗값에 따라 달라진다. 칼의 산이나 펄펄 끓은 솥 가마 속에 떨어지기도 하고, 빙하 속에 갇히기도 한다. 혀가 뽑히거나 독사에 물리기도 하며, 몸이 톱에 잘리거나 불판 위에 던져지기도 하고, 무서운 폭풍이나 암흑 속에 방치되기도 한다. 그 어느 지옥도 상상하기 싫은 끔찍한 고문 장면들로 가득하다. 그럼에도 정말 우리를 소름 돋게 하는 것은 그런 지옥의 현장이 현실 속에서도 실재한다는

점이다. 물론 사후세계는 지옥 말고도 죄의 정죄와 회개를 기다리는 연옥이
나 이상향인 천국이 있긴 하지만 가장 큰 관심사는 역시 지옥이 아닌가 싶다.

《신곡》La Divina Commedia, 신성한 노래은 불교의 사후세계를 다룬 산스
크리트 서사시와는 달리 시인 단테가 직접 현장을 답사한 끝에 자신의 시
점으로 쓴 서사시라는 점에서 눈길을 끈다. 또한 이 작품은 이탈리아의 피
렌체를 배경으로 신성로마제국의 가톨릭교회를 적나라하게 비판하는데, 단
테가 당대의 역사적인 인물들을 실명 그대로 대거 등장시키고 있다는 점이
특이하다. 문학적 허구 속에 실존 인물들을 주인공으로 내세운 것은 《신
곡》이 전무후무한 사례가 아닌가 싶다.

《신곡》에서 특히 눈여겨 볼 대목은 <지옥 편>이다. 지옥문 입구에는
마치 염라대왕처럼 죄인을 심판하는 재판관 미노스가 이빨을 드러내고 험
악한 표정으로 버티고 서서 죄질에 따라 어느 지옥으로 떨어뜨릴 것인지를
결정한다. 부모형제 같은 가족을 욕보이거나 살인, 강간, 불륜, 폭행치사자한
자들, 은혜와 우정을 베푼 신의를 배반한 자들, 교만과 질투, 부귀와 재물의
탐욕에 빠진 자들, 돈을 쌓아놓고 인색과 낭비를 일삼은 자들, 그리고 항상
불평불만을 일삼은 자들은 입에 거품을 부걱부걱 물고 살아가야 한다. 거짓
신을 섬긴 자들, 남의 피를 도륙하고 재산을 강탈한 자들, 난폭한 자들과 자
살한 자들, 그리고 도박과 고리대금업을 일삼은 자들, 폭정을 일삼은 왕들도
모두 포승줄로 줄줄이 엮이어 있다. 아첨과 간계를 부린 자들이며, 안수기도로
성령의 권능을 돈으로 산 자들, 성직과 성물을 매매한 자들, 그리고 거짓 예언
자들과 점술가들, 뇌물을 받은 자들이며 하느님의 이름을 팔아 돈을 번 자들과

하느님을 거짓 증거하고 거역한 자들은 가장 무거운 쇠사슬에 묶여서 지옥의 깊은 계단까지 떨어진다. 그들은 모두 죄질의 경중에 따라 제1의 지옥에서부터 제10의 지옥까지 분류되어 혹독한 형벌을 영원히 받는다. 지금까지 지옥에 간 영혼들 가운데 연옥이나 천당으로 빠져나온 자들은 단 한 사람도 없었다.

그 많은 죄인들은 찬 겨울에 철새들의 무리처럼 날개를 퍼덕거리며 바람의 악령에 이끌려 지옥문에 들어선다. 저들 무리 중에는 깜짝 놀랄 만한 역사적인 인물들이 수없이 많다. 이탈리아 피렌체 시를 배경으로 신성로마제국의 가톨릭적 운명을 비판하는 단테는 동시대에 로마교황을 역임했던 7명 중에서 5명을 모두 지옥으로 떨어뜨릴 만큼 교회 지도자들에게 냉혹한 비판을 서슴지 않고 있다. 하느님의 이름으로 탐욕과 명예와 권세를 남용한 자들의 형벌은 더욱 혹독하기만 하다. 그 유명한 로마의 영웅 줄리어스 시저와 시저를 죽인 친구 브루투스와 카시오가 있고, 트로이 전쟁의 영웅 헥토르와 시인 아에네이스, 마케도니아의 정복자 알렉산드리아 대왕도 지옥에서 괴로운 울부짖음을 외치고 있다.

더욱 놀라운 일은 철학자 아리스토텔레스, 소크라테스, 플라톤, 키케로, 세네카와 함께 오늘날 의학의 아버지로 추앙받고 있는 히포크라테스며, 이집트의 여왕 클레오파트라, 그리스의 에피클로스, 그리고 스승 예수 그리스도를 배반한 유다와 회교도 교주 마호메트도 예외 없이 지옥에 있다는 점이다. 특히 성 프란치스코 성인조차도 연옥에서 사흘간 회개기간을 거친 후에 천국으로 간 것을 보면 저승의 판관 미노스 앞에서 누가 자유로울 것인지 알 수가 없다. 단테는 연옥을 여행하던 도중 자신도 연옥으로 갈 것임을 예감한다.

≪신곡≫은 그리스와 라틴문학은 물론 철학, 역사, 종교, 정치와 예술을 마치 스펙트럼처럼 동시에 보여주고 있다. 성서와 아리스토텔레스의 철학과 대표적인 신학자 토마스 아퀴나스의 신학사상을 위시하여 예술까지 아우르는 방대한 학문적 스케일은 물론 시간과 공간을 초월한 우주적 상상력을 모두 포용하고 있다. 따라서 이 작품은 한 구절 한 구절을 백과사전적 지식을 갖추어야만 이해할 수 있는 대목들이 많고, 신화적 상징어와 수식어로 가득 차 있다.

≪신곡≫의 〈천국 편〉은 인류의 간절한 이상향으로 그려진다. 단테는 이루지 못한 사랑의 연인인 베아트리체의 안내를 받아 천국을 순례한다. 천국을 항해하는 쪽배는 일찍이 산 사람이 건너간 적이 없는 바다의 파도를 가르며 바람 한 점 없이도 오직 미네르바의 숨소리에 의해 떠가고 있다. 그배는 예지의 여신 미네르바가 돛이 되고, 빛과 노래의 신 아폴로가 키가되며, 예술의 신 뮤세가 나침반이 되어 안내한다. 그곳에 사는 순결한 천사들은 목숨이 햇수로 정해진 것이 아니라 영원히 산다.

단테는 천재적 상상력을 마음껏 발휘하여 ≪신곡≫을 썼지만 끝내는 사랑을 이루지 못하고 25살에 죽은 연인 베아트리체와 천국에서 재회함으로써 불멸의 사랑을 작품을 통해서나마 복원을 시도하고 있다.

단테는 천국 순례를 마칠 즈음 마지막으로 성 베르나르도를 만난다. 생전에 사상과 영성 면에서 뛰어난 시토회 수도원장 출신인 그는 저술과 기도문을 통해 성모 마리아에 대한 깊은 사랑과 존경을 보낸 교회학자이다. 마침내 성 베르나르도는 단테를 안내한다. 그러자 하늘 위에서 장미꽃이 날리면서 성모 마리아가 나타난다. 천 명의 천사들이 날개를 펼치며 성가를 합창한다.

"보시오, 성모 마리아의 발아래에 있는 여인은 하느님이 창조하신 인류 최초의 여인 이브이시며, 그 다음 자리에 라헬과 베아트리체가 계십니다."

단테는 ≪신곡≫에서 베아트리체를 이브 다음 순위로 격상시킴으로써 그녀에 대한 지고한 사랑을 신성화시키고 있다.

나는 20대에 너무 어려워서 읽을 엄두도 못 냈던 ≪신곡≫을 오랫동안 곁에 두고 읽고 또 읽고 음미했었다. 그러다 문득 단테에게 지옥을 안내하는 비르질리오처럼 이 어려운 ≪신곡≫ 여행의 길잡이가 되면 어떨까 하는 생각이 들었다. 그래서 나는 지금까지 읽은 여러 번역본들과 자료들을 하나씩 찾아내어 참고하여 주석들을 본문 안에 모두 포용하고 쉬운 문체로 가다듬어서 아담한 분량의 원고를 만들었다. 그리고 이 원고를 묶어서 세상에 내놓는다.

이제 독자들은 이 책을 통해 워밍업을 한 후에 불후의 명작 단테의 ≪신곡≫ 완역본이나 원문독서에 정식으로 도전하기를 바란다. 아울러 단테의 문학적 상상력만이 아닌 자신만의 사후세계를 새롭게 상상하고 창조하기를 바라면서 이 책을 통해 현실의 자신의 삶을 성찰할 수 있는 계기가 될 수 있다면 나로서는 더 이상 바랄 것이 없겠다.

2011년 4월

유 홍 종

차례

제3부 **천국 편**

LA DIVINA COMMEDIA

천국 편

연옥 편

제1부 **지옥 편**

숲에서 구원자를 만나다

　서기 1300년, 이탈리아의 피렌체에는 단테 알리기에리라는 서른다섯 살의 집정관이자 명성이 높은 시인이 살고 있었다. 그는 시뿐만 아니라 신학, 철학, 역사에도 조예가 깊었다. 인생을 일흔으로 보면 서른다섯의 나이는 한 생애의 절반에 해당하는 중년기이다. 그 시기의 4월 어느 봄날에 단테는 그림자가 깊은 숲속에서 길을 잃고 방황하면서 두려움에 떨게 되었다.

　'내가 왜 이 깜깜한 숲에 들어와 헤매게 되었는가?'

　단테는 지금이 꿈인지 생시인지 전혀 알 수가 없었다. 숲에서 한참 동안 길을 잃고 헤매던 그는 마침내 어느 능선에 도착했다. 그곳에서 그는 아름다운 한 줄기 새벽빛을 발견했다. 그 날은 성 금요일이었다. 가련한 꼴로 지새우며 간밤 내내 졸인 그의 마음의 불안이 조금씩 가라앉기 시작했다. 피로한 몸을 잠시 쉬고 해변으로 나온 단테는 다시 해안의 오르막길에 접어드는 순간 겉모습이 알록달록한 큰 표범 한 마리를 만났다. 단테는 깜짝 놀라서 어쩔 줄을 몰랐다. 바로 그 순간 어디선지 한 마리의 큰 사자가 나타나더니 큰 어금니를 드러내고 단테를 노려보고 있었다. 사자는 단테를 향해 머리를 쳐들고 굶주렸다는 듯 으르렁거렸다. 그와 함께 피에 굶주린 이리떼들도 주변에 나타났다. 육욕과 오만과 탐욕의 상징인 세 마리의 표

도미니코 미 미첼리노의 '신곡을 들고 있는 단테'.

범과 사자와 이리떼들이 동시에 달려든 것이다.

　그들은 모두 하늘의 축복과 희망을 박탈하는 맹수들이었다. 단테가 그처럼 꼼짝할 수 없는 위기의 상황에 빠져있을 때 눈앞에 누군가가 나타났다. 그림자의 모습은 사람의 형상을 하고 있었다. 단테는 환각에 빠진 것이 아닌가 싶었지만 그걸 따질 상황이 아니었다. 단테는 큰 소리로 외쳤다.

　"여보시오. 당신이 사람인지 귀신인지는 잘 모르겠지만 아무튼 좀 도와주시오!"

　그러자 그때 사람의 갈라진 음성이 들렸다.

　"난 지금은 사람이 아닌 어떤 그림자의 영혼에 불과한 존재다. 물론 나도 전에는 사람이었지. 나는 룸바르디아의 만토바에서 태어났고, 로마의 줄리어스 시저의 후기시대에 살았었고, 아우구스투스 황제 때는 로마에 살았다. 당시 나는 시인이었다. 트로이 전쟁이 일어나 이리온 성이 파괴될 때, 나는 정의로운 아들 '아에네이스AENEIS'를 시로 썼었다. 헌데 너는 왜 저기 기쁨의 산으로 가지 않고 이런 위험한 숲속으로 들어왔느냐?"

단테는 그 말을 듣고 크게 놀랐다. '아에네이스'를 쓴 시인이라면 단테가 세상에서 가장 존경하던 시인 비르질리오였기 때문이다. 비르질리오는 기원전 70~19년에 호메로스와 함께 최고의 찬사를 받았던 시인으로, 대표작에는 '아에네이스'가 있다. 시집 '아에네이스'는 트로이의 10년 전쟁이 시작되면서 그리스에 의해 성이 함락될 때까지의 전 과정을 쓴 대서사시인데, 아에네이스는 트로이의 장군 이름이다. 그는 트로이가 멸망한 후에 카르타고와 지중해 지역을 방황하다가 이탈리아로 건너가 로마 건설의 기초를 세운 인물이었다.

단테는 시인 비르질리오를 만난 감격에 위기의 순간이라는 것도 잊고 눈물을 흘렸다.

"그렇다면 당신이 제가 존경하는 대선배 시인 비르질리오란 말이오? 오오, 이럴 수가! 모든 시인의 명예이자 빛이시며 벅찬 강물 같은 말의 원천이셨던 선생님, 제가 자랑스러워하는 아름다운 시의 문체는 모두 당신에게 배운 것들이었습니다. 그런데 보십시오. 선생님, 저는 지금 저들 맹수들에게 쫓겨 여기까지 오게 되었습니다. 저를 구해주십시오."

단테는 감격과 두려움이 섞인 소리로 말했다. 그러자 비르질리오가 말했다.

단테를 지옥으로 안내하는 시인 비르질리오.

"저 맹수들을 벗어나려면 나를 따라와야 한다. 그러면 나는 너에게 지옥의 고통을 보여주고 또한 천국에 가기 위해 고행을 통해 기다리고 있는 연옥 속의 사람들을 보여주겠다. 하지만 나는 너를 천국으로 데려갈 힘은 없다. 그렇더라고 어쩌면 너는 네가 예전에 그토록 사랑했던 베아트리체를 만나게 될 수도 있을 것이다."

"베아트리체를요?"

단테는 그 말을 듣고 너무 기뻤다. 베아트리체는 천국의 계시에 의해 시인들의 영혼을 천국으로 안내하는 일을 맡고 있다. 그렇다면 비르질리오가 말하는 지옥은 어떤 곳인가. 육체에서 영혼이 떠나는 것이 첫 번째 죽음이고, 영혼이 소멸되는 것이 두 번째 죽음이다. 그런데 지상에서 육체를 떠난 죄악의 영혼들은 고통을 견디지 못하고 하느님에게 영혼이 소멸되기를 빈다. 하지만 '그날이 되면 사람들은 모두 영혼의 죽음을 원하나 아무도 그것을 얻지 못하며 죽음조차 그들을 멀리 하리라' (묵시록 9-6)라고 쓰여 있다.

연옥이란 아직도 죄의 올가미에서 벗어나지 못한 영혼들이 은총을 받지

피에트로 페루지노의 '천국의 열쇠를 받는 베드로'.

못하고 죄의 상처가 깨끗해질 때까지 머물러 있어야 하는 곳이다. 그래서 때가 되면 천국에 갈 수 있다는 희망이 있기 때문에 그곳 영혼들은 고통을 참을 수 있다.

"선생님! 제발 그렇게 해주십시오. 베아트리체를 만나게 해주십시오. 저는 연옥의 문, 성 베드로의 문에 가고 싶습니다."

단테는 곧이어 비르질리오를 뒤 따라 갔다. 성 베드로의 문은 연옥의 문을 말한다. 마테복음 16장 19절에는 베드로가 예수 그리스도로부터 천국의 열쇠를 받는 장면이 나온다.

'내가 너에게 천국의 열쇠를 주리니, 네가 세상에서 맨 것은 하늘에서도

맬 것이며 네가 세상에서 푼 것은 하늘에서도 풀리라.'

그것으로 단테는 베드로가 그 열쇠를 천사에게 맡겨 지옥문을 폐쇄한다고 믿었다. 해가 서산에 지고 땅거미가 덮여왔다. 단테는 비르질리오를 향해 말했다.

"선생님! 하지만 제가 거기까지 어떻게 가겠습니까. 선생님께서는 '아에네이스의 노래' 라는 시에서 육체를 가진 채 저 세상에 간 사람들을 노래하면서 예수 그리스도의 제자 베드로와 바오로는 육체를 가진 채 천국에 갔다고 쓴 것으로 알고 있습니다만 저는 그분들처럼 훌륭한 사람이 못되는데 어떻게 거길 들어갈 수 있겠습니까."

그러자 비르질리오가 말했다.

"단테여! 용기를 내라. 내가 너를 여기까지 데려온 이유가 있다. 자비로우신 성모 마리아께서는 네가 위기에 빠진 것을 아시고 성녀 루치아를 통해서 그 사실을 알려주셨다. 나는 본래 지옥에 갈 수도 없고 천국에 갈 수도 없어서 그 중간인 림보limbo라는 곳에 머물러 있었다. 그런데 어느 날 천사 같은 아름다운 여자가 나타나서 말해주었다. 단테가 운이 나빠서 숲에서 맹수들을 만나 위험에 처해있으니 네가 가서 구해주라고. 나는 그 부탁을 받고 여기에 온 것이다. 그런데 내게 그 말을 전해준 여자가 바로 베아트리체였다. 자아, 단테여! 이제 너는 그 이름을 들었으니 힘과 용기가 생기지 않느냐?"

단테는 베아트리체라는 말을 듣고 너무 놀랐다. 베아트리체라니, 그녀가 내 목숨을 구해달라고 부탁했다니, 얼마나 놀라운 일인가. 그 이름이야말로 내가 이 세상에서 가장 듣고 싶은 이름이며, 그 이름을 듣고 큰 힘과 용기를 얻은 자가 세상에 나 말고 누가 또 있겠는가. 단테는 나이 아홉 살 때 봄에 피렌체에서 1년 연하의 소녀 베아트리체를 처음 만났다. 단테는 베아트리체를 보는 순간 첫눈에 깊은 사랑에 빠져버렸다. 그 이후로 단테에게 베아트리체라는 이름은 구원의 여인이 되었으며 그 이름만 들어도 힘과 용기가 용솟음치게 되었다.

어린 시절의 베아트리체는 천사처럼 맑고 아름다웠다. 단테는 베아트리체의 안내를 받아 예수 그리스도의 가르침을 따를 수가 있었다. 하지만 단테가 스물여섯 살 되던 해인 1290년에 베아트리체는 그만 세상을 떠나 천국으로 가버렸다.

시인 비르질리오가 또 말했다.

"성모 마리아와 성녀 루치아와 천사 같이 맑고 아름다운 베아트리체는 네가 숲에서 위험에 빠지자 즉시 나를 불러 너를 구해주라고 말씀하셨다. 나를 믿는다면, 단테여, 이제는 용기를 내고 나와 함께 가자."

그러자 단테는 마치 추위에 움츠리고 있던 꽃들이 아침의 따뜻한 햇살에 생기를 얻어 고개를 드는 것처럼 용기가 솟았다. 더 이상 주저할 이유가 없었다.

"자아! 갑시다. 이제 우리 둘의 마음은 하나가 된 것이오."

단테는 곧 비르질리오를 뒤따라 걸으면서 마음속으로 빌었다.

"시인 비르질리오여! 하느님의 이름으로 그대에게 비옵나니, 이 불행보다 더 큰 불행을 만나지 않게 해주시고, 지금 말씀하신 그곳으로 나를 데려가시어 성 베드로의 문을 저에게 보여주시옵소서."

아케론 강을 따라 흐르는 나룻배

1300년 4월 8일 성 금요일, 해는 저물고 저녁 안개가 자욱했다. 비르질리오는 단테를 데리고 마침내 지옥문 앞에 도착한다. 큰 지옥문 위에는 다음과 같은 글귀들이 쓰여 있었다.

'이곳은 지옥의 문이니 신의 길을 몰라서 방황하는 자들이 머물러 있는 곳이다. 슬픔의 나라로 가고 싶은 자들은 나를 거쳐서 가거라. 영원히 가책을 받고자 하는 자들, 파멸에 이르고자 하는 자들은 나를 거쳐서 가거라. 그러므로 모든 희망을 버려야 할 것이다.'

단테는 문 위에 새겨진 어두운 빛깔의 글자를 보고 비르질리오에게 말했다.

"선생님, 좀 으스스한 글들이군요."

"그렇다. 여긴 하느님을 모르고 일생을 살았던 사람들이 머물러 있는 곳이다."

지옥의 문으로 들어서자 그 안은 캄캄했다. 곧이어 음습한 바람이 불어왔다. 그 바람소리에 사람들의 울부짖음과 탄식과 날카로운 목소리와 손뼉 치는 소리들이 뒤섞여 마치 회오리바람에 휘말려든 모래알들처럼 귓속으로

로뎅의 '지옥의 문'.

날아들었다. 불안감이 머리를 죄어오고 온몸에 소름이 돋았다.

"선생님, 저들은 누구입니까?"

"음! 저들은 세상에서 큰 악을 저지르며 살지는 않았지만 그렇다고 착한 일도 하지 않고 살았던 영혼들이다. 저들은 하느님을 배반한 적은 없었지만 그렇다고 하느님을 받들어 섬기지도 않았다. 저들은 오직 자기 자신들만을 위해 이기적으로 살았던 자들이다. 하지만 저들은 천국을 더럽히기 때문에 하늘에서 내쫓겼고, 지옥에 가면 큰 죄를 저지른 사람들만 보게 되므로 자기의 죄가 가벼운 것을 알고 의기양양해지기 때문에 지옥에서도 쫓겨난 자들이다."

"선생님, 저들은 저렇게 울부짖고 통탄해 할 만큼 큰 죄를 졌습니까?"

단테가 묻자 비르질리오는 다시 대답했다.

"그렇단다. 저들은 죽을 수 있는 희망조차 없는 자들이다. 너무 맹목적인 삶을 살았기 때문이다. 그런 비열한 삶을 산 사람은 반드시 죄의 값을 물어야 마땅하다. 세상에 살면서 선악에 대한 감정도 많고 기준도 많음에도 불구하고 그것들을 모두 무시했으며, 하느님이 계시다는 것을 알면서도 섬기지 않았으며, 그렇다고 하느님을 배반하지도 않았다. 오직 자기 자신의 만족한 삶에만 몰두하고 살았던 것은 너무 이기적이고 비열한 일이었다. 세상은 그런 자들의 이름조차 후세에 전해지는 것을 원하지 않고 용납하지도 않는다. 사람들은 선을 베푼 자들을 배우고 섬기며 악을 행한 자들을 통해서는 그렇게 살아서는 안 된다는 교훈을 얻지만 저들에게서는 아무 것도 볼 것이 없다. 그렇게 산 자들은 세상에서 목숨을 다한 후에도 하루라도 빨리 영혼의 죽음을 원하지만 하느님은 저들에게는 그것조차 용납하지 않고 있다. 그래서 저들은 천국의 영혼들도 부러워하지만 지옥의 영혼들도 부러워하고 있다. 자아, 이제 저들에 대해서는 더 이상 언급하지 말고 그저 보기만 하고 지나가자."

바로 그때 단테는 긴 장례 행렬을 만났다. 그들은 한 폭의 장례식 깃발을 펄럭거리며 행진하고 있었다. 깃발 뒤로 긴 죽음의 행진이 계속되고 있었다. 그 중에는 전부터 알고 있어서 얼굴이 낯익은 사람도 있었다. 겁을 먹고 큰 지위를 버린 망령도 보였다. 살아있을 때 그들은 기회주의자들이어서 무관심을 가장하고 자신의 입장을 분명하게 하지 않았으므로 죽은 후에는 한 폭의 깃발 뒤만 쫓고 있는 것이다. 그렇게 참된 인생을 살아보지 못한 자들 중에는 벌거벗긴 채 벌과 말파리들에게 마구 쏘여 피투성이가 된 자들도 있었다.

그 장례 행렬에 참가한 사람들은 대부분 신의 가르침을 배반하여 지옥의 세계로 향해서 가는 가련한 자들이었다. 단테가 그들이 가는 앞쪽을 보니 커다란 슬픔의 강 언덕 위에 사람들이 우글우글 모여 있었다.

"선생님! 저 사람들은 누구죠? 무슨 절박한 사연이 있기에 저리 급하게 나룻배로 강을 건너가려고 하는지요?"

그러자 비르질리오가 말했다.

"이제 우리가 아케론의 슬픈 강가에 가보면 저절로 알게 될 것이다."

비르질리오와 단테는 강가로 가까이 내려갔다. 그때 단테는 부끄러움에 눈을 내리 깔고 혹시 선생님이 자기 때문에 잘못 될까 두려워 입을 다물고 있었다. 그때 백발의 뱃사공 카론이 배를 저어 다가오면서 큰 소리로 외쳐 대고 있었다.

"이 빌어먹을 영혼들아! 너희들은 신의 앙화殃禍를 받아 이미 천국에 갈 희망을 잃었다. 나는 너희들을 강 건너 지옥으로 넘기러 왔다. 지옥은 영원한 어둠의 세계이며 불가마와 얼음의 세상이다. 내가 너희들을 그곳으로 끌어가려고 온 것이다."

그때 뱃사공 카론이 눈을 크게 뜨고 두리번거리다가 단테를 뚫어지게 보면서 말했다.

"네 놈은 살아 있는 놈인데 여긴 왜 왔느냐? 이곳은 죽은 자의 영혼만 통과할 수 있는 곳이어서 네 놈이 갈 곳이 아니다. 어서 다른 나룻터로 가거라. 거기에는 이 배보다 가벼운 연옥으로 가는 배가 따로 있다."

그때 비르질리오가 카론을 향해 외쳤다.

"카론! 단테는 신의 부르심을 받아 지옥의 세계를 견학하러 가는 길이오. 아무 말 하지 말고 통과시켜 주시오."

납 빛깔의 물 위에 뜬 배에 탄 불꽃의 눈빛을 가진 카론은 비르질리오의 말을 듣고 고개를 끄덕거렸다. 하지만 카론의 가혹한 말을 들은 벌거숭이들은 표정을 바꾸고 조용해졌다. 그러나 오랫동안 걸어서 지칠 대로 지친 사람들은 카론의 말을 듣자 표정을 바꾸며 이를 갈면서 신과 자기 부모들까지 저주하며 욕설을 퍼부었다.

악마 카론은 울부짖는 벌거숭이들을 강 언덕까지 압송했다. 카론은 저주받은 아케론 강을 건너면서 무섭게 이글거리는 눈빛으로 꾸물대는 자들을 사정없이 노로 후려 갈겼다. 배가 강 언덕에 도착하자 그들은 마치 아에네이스의 시에 나오는 무상한 가을의 나뭇잎들과 새 몰이꾼들에게 잡힌 새들처럼 배에서 뛰어내렸다.

> 가을의 첫 추위가 몰려온 숲에 우수수 지는 저 수많은 잎들이여!
> 추운 계절이 바다 너머 따뜻한 땅으로 얼마나 많은 새들을
> 쫓아내고 있는가.

거기에는 신의 노여움을 조금도 모르는 사람들만이 모여 있는 듯 했다. 지옥의 사람들은 모두 카론의 노에 얻어맞아 차마 볼 수 없는 모습이었다. 단테는 그들과 함께 배에 타긴 했으나 그들이 모두 지옥으로 떨어질 것을 생각하니 마음이 아팠다.

그러는 동안 배는 어느덧 강 언덕에 도착했다. 단테가 뒤를 돌아보자 배가 떠났던 저쪽 부두에는 어느새 지옥으로 떠날 수많은 사람들이 모여 있었다. 그것을 보고 비르질리오가 단테에게 말했다.

"저걸 보아라. 주님의 노여움을 받고 죽은 망령들이 각지로부터 모두 이곳으로 모여들고 있다. 저들이 서둘러 나룻배를 타려는 것은 이미 구원의 희망이 없다는 것을 알고 어차피 지옥의 형벌을 면할 수가 없기에 아예 단념하고 자기들의 운명을 받아들이려는 것이다. 하느님의 정의가 저들을 추방했다. 일찍이 선한 영혼이 이곳 지옥에 흐르는 근심의 강 아케론 강을 건넌 적은 한번도 없었다. 아까 카론이 너에게 가벼운 연옥행 배로 갈아타라

고 했던 말이 무엇을 암시하는지 너는 잘 새겨들어야 할 것이다.”

비르질리오의 그 말은 단테가 훗날 연옥에 가게 될 것이라는 것을 암시한 말이었다. 그가 말을 마치는 순간 큰 바람이 일고 번개가 떨어졌다. 단테는 그 자리에 쓰러져 그만 정신을 잃고 말았다.

여기는 슬픈 땅
하느님을 믿지 않는 사람들의 이야기

잠시 후에 하늘에서 천둥이 울리고 벼락이 떨어졌다. 단테는 소스라치게 놀라서 깊은 잠에서 깨어났다. 깜짝 놀라 주위를 돌아보니 그가 서 있는 곳은 깊은 비통의 계곡이었다. 그곳은 사람들의 아비규환이 메아리 치고 있는 지옥의 굴 앞이었다. 계곡에는 어둡고 깊은 안개가 서려 있어 밑바닥이 보이지 않았다. 이윽고 비르질리오 선생이 단테에게 말했다.

"여기서부터 지옥의 세계로 들어간다. 내가 앞장설 테니 너는 나를 따라오너라."

비르질리오 선생의 얼굴은 겁에 질려 있었다.

"선생님, 제게 힘을 주시던 선생님께서 겁을 내시면 제가 어떻게 따라가겠습니까?"

"겁을 먹은 것이 아니라 지옥에 있는 사람들이 너무 불쌍해서 안색이 변한 것이다."

이어 비르질리오는 단테를 제1 지옥으로 안내했다. 지옥의 세계는 깔때기 같은 반구 형상으로 위로부터 차례로 제1 지옥, 제2 지옥…제9 지옥까지 있다. 죄가 무거울수록 더 깊은 지옥으로 떨어진다. 제1 지옥은 비통의 깊은 계곡, 즉 림보라고 한다.

DANTE'S INFERNO
UPPER HELL
NETHER HELL
EARTH'S CENTER
MᶜCULLOCH © 2000

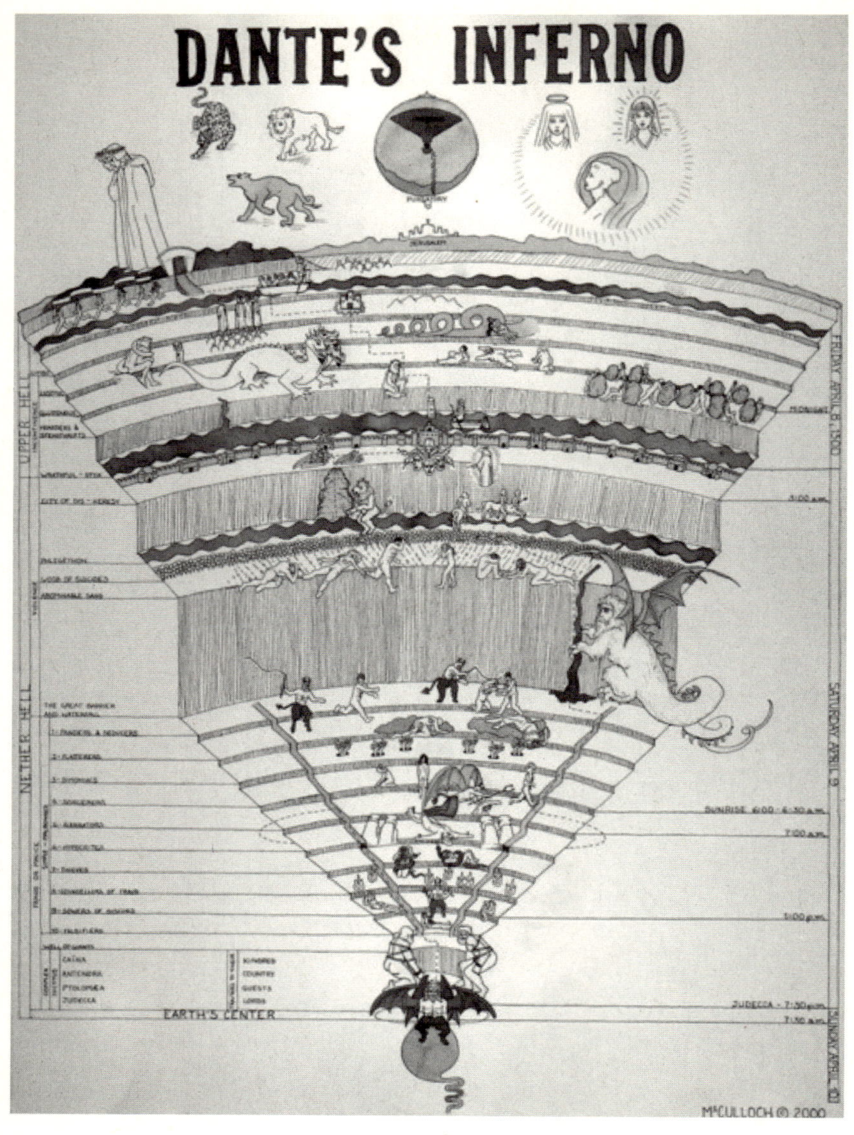

단테의 지옥도.

여기서 제2 지옥부터 제5 지옥까지를 상부지옥, 제6 지옥에서 제9 지옥까지를 하부지옥이라고 부른다. 이곳에서 림보라고 부르는 제1 지옥은 비통의 깊은 계곡에 머물러 있는 영혼들이 차지하고 있다. 제1 지옥에는 살아있을 때 선행을 하기에는 너무 용기가 없고, 악을 행하기에는 너무 약해서 아무런 의미도 없이 비겁하게 살았던 사람들이 머물러 있다.

그들은 살아있을 때 신을 섬기지 않았으며 신에게 감사하지 않았던 자들로 세례를 받지 않았던 무리들이다. 마치 마왕 루치페로가 신을 배반할 때 중립을 지켰던 천사의 나쁜 무리들과 똑같다. 그들은 묵시록 3장 16절처럼 '너는 뜨겁지도 않고 차지도 않아서 내 입에서 뱉어버리리라.' 고 한 것처럼 미지근한 자들을 말한다.

그리고 거기에는 그리스도교가 복음을 전파하기 이전에 살던 사람들과 예수 그리스도가 나타날 것을 믿지 않았던 사람들이 머물러 있으며, 천국에서도 환영받지 못하고 지옥에서도 거절당한 사람들이다.

물론 천국이나 지옥 어느 쪽으로도 못 갔지만 살아있을 때 덕망이 높았던 사람들도 여기에 있다. 림보에는 다른 두 곳이 또 있다. 한 곳은 세례를 받지 못하고 죽은 어린아이들의 영혼이 머물러 있는 곳이고, 또 다른 한 곳은 구약시대의 교부들이 머물던 지옥의 전 단계로 그곳의 영혼들은 예수 그리스도로부터 구원을 받아 천국으로 들어갔다. 지옥에서는 제1 지옥을 지옥의 전 단계라고 부른다.

바르질리오가 말했다.

"나 역시 그리스도가 나타나기 전에 살았기 때문에 이곳에 머물러 있는 중이네."

단테는 림보에 와 본 후에야 세계적으로 명성이 높았던 사람들이 많이 와 있는 것을 알고 마음이 아팠다.

"그렇다면 선생님! 이곳에 있는 사람들 중에서 자기 힘으로나 남의 힘을 빌려 천국으로 간 사람들은 없습니까?"

그러자 비르질리오는 단테가 예수 그리스도에 관해 묻고 있다는 것을 알았다.

"있었네. 내가 여기에 온 지 얼마 안 되어 머리에 승리의 왕관을 쓰신 전능하신 예수 그리스도께서 이곳에 오시는 것을 보았네. 그 분은 인류 최초의 어버이인 아담과 하와와 그 아들 아벨과 노아, 율법을 세워 주게 충성한 모세와 아브라함, 다윗 왕, 이스라엘의 라헬 등 그밖에 수많은 사람들의 영혼을 이곳에 데려와 축복을 주셨네. 너도 잘 아는 것처럼 예수 그리스도 이전에 이곳에서 인간의 영혼이 구원을 받은 적은 한번도 없었네."

비르질리오는 단테와 얘기를 하면서 좀 더 깊은 숲속으로 들어갔다. 그 숲에는 그리스도교를 알지 못했지만 지혜가 뛰어난 학자와 시인들이 빛으로 존재하고 있었다. 비록 어두운 숲이지만 생전에 학문과 예술에 뛰어난 사람들의 영혼은 아직도 빛나고 있었다. 비르질리오는 살아서 훌륭한 일을 해서 명성이 높았던 사람들은 죽은 후에도 돋보임이 계속 된다는 것을 강조했다. 그 순간 어디선가 큰 소리가 들렸다.

"위대한 시인이 오셨습니다. 모두들 경의를 표하시오."

그 순간 네 사람의 영혼이 단테 쪽을 향해 다가왔다. 칼을 들고 왕처럼

조토의 '최후의 심판' 중 지옥 장면.

당당하게 다가오는 사람은 그리스의 유명한 시인 호메로스였다. 그 뒤로 로마의 풍자시인 호라티우스가 있었고, 또한 로마시인 오비디우스와 루카누스도 있었다. 그들은 모두 시인으로서 비르질리오에게 경의를 표하고 있었다.

그들은 단테를 여섯 번째 시인으로 인정하며 경의를 표해주었다. 단테는 다섯 시인들로부터 분에 넘치는 대우와 영광을 받고 친구가 되었다. 잠시 후 여섯 사람은 일곱 겹의 높은 성벽이 에워싸고 있는 학문의 성 앞에 도착했다. 성의 주위에는 아름다운 강이 흐르고 있었다.

시인들은 모두 눈매가 빛나고 엄숙했으며 풍채가 좋았다. 그들은 말이 없었으나 목소리는 부드러웠다. 그들은 강을 건너서 성벽의 문을 지나 성안의 푸른 잔디밭으로 갔다. 그곳에는 트로이 전쟁의 영웅 헥토르와 아에네이스가 보였고, 로마의 영웅 시저 역시 매 같은 눈을 번쩍거리고 있었다.

좀 더 떨어진 곳에는 이집트와 시리아를 다스리던 터키 왕 살라디노도 있었다. 일곱 개의 성벽은 이해, 정의, 굳셈, 절제의 네 가지 덕망과 총명하고 지식이 높고 지혜를 갖춘 사람들만 통과할 수 있다. 여기서 일곱 개의 문이란 문법, 수사, 논리, 음악, 산수, 기하, 천문 등의 일곱 학문을 말한다.

그 문을 통과하자 안에는 학자들만이 모여서 얘기를 나누고 있었다. 그곳에서는 철학의 대가이자 지혜로운 스승들인 아리스토텔레스와 소크라테스와 플라톤이 보였다. 그들은 누구보다 가까이 있었다. 곧이어 디오게네스, 아낙사고라스, 탈레스, 엠페도클레스 헤라클레이토스, 스토아 철학의 창시자 제논, 그리스 신화에 나오는 시인 오르페우스, 로마의 철학자 키케로, 도학자 세네카와 기하학자 유클리드, 히포크라테스와 그리스의 시인이자 음악가 오르페오, 천문학자 프톨레마이오스 등 이루 헤아릴 수 없을 만큼 많은 학자들이 모여 있었다.

비르질리오는 계속 성안에만 머무를 수 없었다. 그는 단테를 데리고 조용히 성에서 빠져나왔다. 그러자 그곳은 지금까지와는 달리 빛이 없는 어둡고 음산한 세상이었다.

판관 미노스와 수문장 케르베로스

단테는 비르질리오 선생과 함께 제1 지옥을 지나 그보다 더 아래쪽에 있는 제2 지옥으로 내려갔다. 제2 지옥은 제1 지옥보다 좁았고, 고통의 신음소리가 더 크게 들렸다. 문 입구에는 죄의 판정을 내리는 현명한 재판관 미노스가 이빨을 드러낸 채 무서운 형상을 하고 떡 버티고 서 있었다.

미노스는 마치 염라대왕처럼 문 입구를 지키고 선 채, 제2의 지옥문으로 들어오는 사람들을 죄질에 따라 가려내어 어느 지옥으로 떨어뜨릴 것인가

지옥의 문 앞에서 죄인을 심판하는 재판관 미노스.

결정한다. 먼저 죄인이 미노스 앞에서 죄를 자백하면 죄가 많고적음에 따라 꼬리가 몸을 휘어 감는데 그 휘어 감는 횟수에 따라 몇 번째 지옥으로 떨어지는가가 결정된다. 판관 미노스는 단테가 온 것을 알고 마태복음 제7장 13절을 인용하면서 설명했다.

"여보게, 이곳에 대해서 설명해주겠네. 자네도 살면서 어느 문을 선택하는 것이 중요한가를 알아두게. 성서에는 '좁은 문으로 들어가라. 멸망에 이르는 문은 크고 넓어서 그곳으로 들어가려는 자들은 많으나 생명에 이르는 문은 좁아서 찾는 자가 적다.' 고 했네. 그 말뜻을 깊이 새겨듣게나."

그러자 비르질리오가 미노스에게 말했다.

"자네, 지금 왜 그런 말을 하는가. 우리는 하느님의 부르심을 받아 지옥을 견학하러 온 걸세. 그러니 우리가 어디를 가든지 상관하지 말게."

둘은 그곳을 벗어나 얼마쯤을 걸었다. 그러자 슬픈 울음소리와 함께 불평과 악담을 퍼붓는 소리가 풍랑이 몰아치는 겨울바다처럼 단테의 귀를 사납게 울렸다. 지옥의 태풍이 혼들을 휘몰아쳐 얼러대고 맴돌며 윽박지르며 사람들을 들볶았다.

멸망의 순간이 저들 앞에 다가오자 비명과 한탄 속에서 하느님의 권위와 권능마저 모독하는 말들이 들렸다. 찬 겨울에 철새의 무리들이 날개를 펴 무리지어 날아가는 것처럼 바람의 악령들이 저들을 이끌어 가고 있었다.

"선생님, 저 바람에 휩쓸려가는 자들은 누굽니까?"

단테가 비르질리오에게 물었다.

"세상에서 가장 모질고 음탕한 아시리아의 여왕 세미라미스를 아는가.

영국화가 윌리엄 블레이크가 그린 케르베로스.

그리고 또 한 사람 이집트 왕의 딸이었던 음탕한 여왕 클레오파트라, 스파르타 메넬라오 왕의 왕후로 적국 트로이의 왕자 파리테의 유혹을 받고 트로이로 도망가서 트로이 전쟁을 일으킨 엘레나가 바로 저들이다.”

단테는 비르질리오가 바람난 옛 기사들이며 왕녀와 귀족들의 이름을 꿰뚫어 나열하는 말을 듣고 어리둥절해졌다. 단테는 다시 정신을 차리고 제3의 지옥으로 들어갔다. 그곳은 탐식계라는 지옥으로 평생을 먹고 마시는 일에만 골몰한 영혼들이 모여 있는 곳이었다.

어둡고 음산한 하늘에서는 우박과 눈이 내려 늘 습기가 끼어 있었고, 심한 악취가 풍겼다. 그리고 거기에는 머리가 셋 달리고 뱀 꼬리 같은 형상을 한 케르베로스라는 개가 세 개의 입을 벌려 어금니를 드러내고 입구를 지키고 있었다. 그곳에 온 영혼이 탈출하지 못하도록 감시를 하고 있는 중이었다. 머리칼은 기름이 번드르르 했고, 눈은 충혈 된 채 사람들을 노리고 있다가 물어뜯고 할퀴기도 했다.

단테와 비르질리오가 그곳을 지나칠 때 케르베로스가 큰 입을 벌인 채 짖어댔다. 비르질리오가 흙덩이를 집어던지자 짖어대던 케르베로스가 갑자기 얌전해지면서 허겁지겁 흙덩이를 먹어댔다. 개는 그저 입에 무엇이든지 물려만 주면 조용해졌다.

두 사람은 비를 맞은 채 슬픔에 잠긴 영혼들을 지나쳤다. 바로 그때 그들 영혼 중에서 한 영혼이 몸을 일으켰다. 두 사람은 걸음을 멈추었다.

"여보시오! 지옥으로 가는 분들! 난 당신들을 본 적이 있소. 내가 죽어서 여기 오기 전에 당신은 피렌체에서 살고 있었소."

단테는 그 말에 깜짝 놀라 발걸음을 멈추었다.

"그래요? 하지만 난 당신을 본 기억이 없는데…암튼 당신은 무슨 일로 이런 벌을 받고 계시는지요."

"피렌체 사람들은 날 이탈리아 말로 치아코(돼지)라고 불렀소. 치아코는 대단한 탐식가로 당신이 스물한 살 때 죽었소. 나 역시 치아코 못지않게 피렌체에서도 꽤 유명할 정도의 탐식가였다오. 내가 여기 온 것은 바로 그 탐식의 죗값을 치르기 위해서요."

"아, 그렇군요. 당신의 모습을 보니 참으로 마음이 무겁소. 그렇다면 피렌체 사람들은 도대체 왜 그렇게 흑백으로 패가 갈려서 밤낮 싸움질만 하는지요. 당신은 왜 그런지 그 이유를 알고 있소?"

"물론 알지요. 오랫동안 싸워온 저들은 지금은 서로를 말살하려고 획책하고 있소. 피렌체가 살육의 싸움터로 변한 것이오. 지금 피렌체는 시골 출신의 체로키 집안과 원수의 집안인 도나띠 집안과의 피비린내 나는 싸움이 계속 되고 있소. 지금은 체로키 집안이 도나띠 집안을 피렌체에서 추방했지만 3년이 채 못 되어 체로키는 패배하고 교황 보니파시오 8세의 도움으로 도나띠 집안이 권력을 잡게 될 것이오. 지금 피렌체에는 단 두 사람의 정직한 사람이 있으나 사람들이 그들을 인정하지 못하는 것은 인간의 마음 가운데 세 가지의 불이 붙고 있기 때문이오. 그 세 가지의 불이란 바로 질투심, 교만심, 탐욕심이오."

치아코는 그 말을 마친 후에 단테를 빤히 바라보다가 고개를 떨구고 쓰러져버렸다. 그러자 비르질리오가 단테에게 말했다.

"이제 저 사람은 하느님이 심판하러 오는 천사의 나팔소리가 울릴 때까지 다시는 몸을 일으키지 못 할 것이네."

"선생님! 그럼 이곳 사람들이 심판을 받은 후에는 형벌이 더 무거워지는지요, 아니면 가벼워지는지요?"

"심판을 받고 육체의 부활이 이루어지면 선한 자의 복이나 악한 자의 형벌도 한결 더해질 것이네. 다시 말하면 천사의 나팔이 울린 후, 최후의 심판이 끝나면 인간의 영혼과 육체는 다시 결합하여 완전하게 된다네. 그러나 죄인의 영혼은 이미 불안전하여 육체를 얻은 후에도 안전하지 못하고 그들이 당하는 고통은 더 가혹해진다네."

두 사람은 이런 이야기를 나누면서 다음의 제4옥으로 갔다.

까릿디의 돌풍바다와 스띠제의 늪속

　제4의 지옥은 세상에서 부귀와 재물을 마음껏 누린 자들을 심판하는 곳이다. 제4의 지옥은 둘로 나뉜다. 하나는 살았을 때 인색하게 살았던 사람들이 가는 곳이고, 또 하나는 재산을 마구 낭비한 사람들이 가는 곳이다.

　단테는 여기서 먼저 부의 신 플루토를 만났다. 그는 "빠뻬 사딴, 빠뻬 사탄, 아레뻬" 하고 부르짖었다. 그 말은 신 플루토가 놀라움과 분노로 부르짖는 말이었다. 비르질리오는 단테가 두려워 떠는 것을 보고 격려하며 말한다.

　"이 정도를 보고 무서워해서는 안 된다. 플루토가 제아무리 큰 소리를 쳐도 우리가 가는 길을 방해할 수는 없다. 우리는 바위 아래로 내려갈 것이다."

　곧이어 비르질리오는 플루토를 향해 크게 화를 내며 큰소리로 외쳤다.

　"저주 받은 여우같은 놈아! 너는 어찌하여서 네 노여움을 스스로 불 태워 버리지 못하느냐. 너는 오만함으로 신을 배반한 타락한 천사 루치페로를 괴롭혔다. 우리는 지금 천국의 대천사 미카엘의 부르심을 받아 지옥을 여행하고 있는 중이니 잠자코 있지 못하겠느냐?"

　플루토는 비르질리오의 말을 듣고 마치 센 바람에 돛배의 기둥이 부러졌

부의 신 플루토.

을 때처럼 놀라서 쓰러지고 말았다. 이어 두 사람은 원한의 메아리가 들리는 언덕을 지나 제4의 지옥 골짜기까지 내려가게 되었다.

그곳에서 단테는 또 한번 경악했다. 헤아릴 수 없이 많은 영혼들이 지중해 시실리아 맞은편 메시나 해협의 그 유명한 까릿띠의 소용돌이처럼 자기들끼리 휩싸여 소리를 지르면서 우글거리고 있었다.

그곳에는 많은 사람들이 두 패로 나뉘어져 무거운 물건들을 가슴으로 굴리고 있었다. 그 광경이 이상하여 단테는 한참 동안 바라보았다. 그들 중의 한패는 오른쪽에서, 다른 한패는 왼쪽에서 서로 맞부딪치면서 끙끙 소리를 내며 육중한 물건을 굴리고 있었다. 그러다가 서로 맞부딪치면 서로 치고 받고 싸우다가 다시 그것을 굴리면서 서로 욕지거리를 하고 있었다.

"에잇, 바보들아, 너희들은 돈을 모아 그따위로 인색하게 쌓아 놓고만 살았느냐?"

그렇게 꾸짖으면 다른 한편에서는 질세라 약속이라도 한 듯이 이구동성으로 외쳤다.

"에잇, 바보들아, 너희들이야말로 어쩌자고 그렇게 탈탈 털어서 낭비만

하고 살았느냐?"

그들은 같은 동작을 반복하면서 계속 그 짓들을 하고 있었다.

단테는 비르질리오에게 왼편에 있는 까까머리 중들이 바로 성직자들이 아니냐고 물었다.

"그렇다. 머리카락이 없는 자들은 모두 성직자들인데, 저들 중에는 탐욕에 빠진 교황이나 추기경들도 있다. 저들은 살아있을 때 떼돈을 벌고도 인색하게 산 사람들이거나 그와 반대로 번 돈을 주책없이 마구 낭비한 사람들이다. 살아서 돈을 올바르게 쓰지 않은 사람들은 모두 이 구렁에 빠져있다."

단테와 비르질리오는 인간의 운명과 재산에 관한 얘기를 시작했다. 그러는 동안 별은 어느덧 자오선을 지나 서쪽으로 향해 가고 있었다. 지금은 이미 밤의 절반이 지나 1300년 4월 9일 성 토요일 새벽이었다.

"자아, 발길이 바쁘다. 저 밑에서 더 큰 고통을 받고 있는 무리들이 있다. 여기서 더 이상 오래 머물러 있을 수가 없다."

그들은 곧 다음 절벽으로 갔다. 제5의 지옥을 향해 가자 샘터가 나왔다. 샘터에서는 검붉은 물길이 솟구쳐 골짜기 아래로 흘러내리고 있었다. 기분이 으스스 했다. 돌 개천을 따라 잿빛 언덕을 내려가자 일대는 늪이었다. 그 늪에는 분노에 찬 심술궂은 사람들이 맨몸으로 늪 속에서 허우적거리고 있었다. 그들은 늪 속에서도 서로 움켜잡고 걷어차고 물어뜯고 있었다.

"저들을 보아라. 저들은 생전에 화만 내던 자들이다. 자세히 보면 저들은 싸우는 동안에도 입거품을 부걱부걱 내고 있지 않느냐. 늪 밑에 저런 사람들이 있다는 뜻이다. 저들은 죽어서도 저렇게 불만투성이다. 그래서 저들은 저 음습한 늪에서 벗어나지 못하고 고통을 받고 있다.”

그의 말을 듣고 보니 늪 속에서 우글거리는 것들이 마치 양치질이라도 하듯 무슨 말들을 지껄여대고 있었다. 그 소리는 단테의 귀에도 들렸다.

“우리들은 해가 비치는 아름다운 세계에 살 때도 가슴속에는 항상 개지 않는 것이 있었습니다. 그래서 즐겁게 살지 못했는데 이 늪에 와서도 그 원인 모를 깊은 안개는 개지 않아 늘 이렇게 불쾌하기만 합니다.”

단테와 비르질리오는 마침내 늪과 절벽 사이를 지나 디테의 성이 멀리 보이는 곳까지 도착했다.

멀리 높은 탑이 안개에 싸여있고, 탑 위에는 작은 불빛 두 개가 흔들리고 있었다. 단테가 이상히 여기며 바라보고 있을 때 불꽃에서 좀 떨어진 곳에서 신호를 보내는 불빛이 보였다.

"선생님! 저 불꽃은 무슨 신호죠?"

단테가 비르질리오에게 물었다.

"두 개의 불빛은 우리가 성 가까이 다가오고 있다는 것을 알리고, 한 개의 불빛은 '잘 알았다' 고 신호를 보내는 것이다."

마침내 두 사람 앞으로 쪽배 한 척이 다가왔다. 배의 노를 젓는 사람은 호레지어스였다.

"아아, 악마들아. 너희들 이제 왔느냐!" 하고 멀리서 소리 지르는 것이 들려왔다.

호레지어스는 그리스 신화에서 분노에 못 이겨 델포이의 아폴로 신전에 불을 지른 인물로 이곳 지옥의 스티 강에서는 사공으로 등장한다. 호레지어스는 단테가 지옥에 떨어진 망령으로 착각한 것이다.

호레지어스가 '마침내 잡았다. 이 흉악한 망자들아!' 하고 외치자, 비르질리오가 말했다.

"호레지어스! 우린 늪을 건널 때까지만 네 신세를 질뿐이다."

그러자 호레지어스는 화를 참느라고 입술을 깨물었다. 단테와 비르질리오는 그의 배에 올랐다. 그 순간 선체가 물에 잠기며 기우뚱했다. 지금까지 영혼만 태웠던 이 쪽배에 산 사람인 단테가 타자 예상치 않았던 그의 몸무게 때문이었다. 얼마 못 가서 두 사람 앞에 진흙투성이 옷을 걸친 사람이 나타났다. 자세히 보니 그는 피렌체에서 심술궂기로 유명했던 필리보 아르젠티였다.

"너희들이 왜 여길 왔는가?"

"우리들은 이곳을 살피러 왔을 뿐이네. 헌데 자넨 왜 그런 꼴로 여기 있는가."

그러자 필리보 아르젠티는 화를 버럭 내며 단테를 치려고 했다. 그러자 비르질리오는 그를 가로막고 밀쳐냈다.

"이놈! 썩 물러가라! 넌 심술꾼 개들하고나 어울리거라."

그 말에 그는 깜짝 놀라 늪 속으로 사라져버렸다. 단테는 스승에게 감사를 표시했다. 아르젠티의 외침소리가 멎은 잠시 후에 이번에는 또 다른 울부짖는 소리가 들려왔다.

"단테야, 무슨 소리가 들리지? 마침내 우리는 큰 죄인들이 가득 찬 디테 성에 왔다."

디테 성은 주위가 깊은 물로 둘러싸여 있었고, 성벽은 철로 만들어졌으며, 성안에는 붉은 성당이 있었다. 단테는 성벽 주변에서 머뭇거렸다.

"이곳이 입구입니다."

누군가 그들을 안내했다. 그때 성벽 위에서는 대악마 루치페로와 함께 천국에서 쫓겨난 1천여 명도 더 되는 악마들이 단테를 내려다보고 있었다. 그들은 울분을 터뜨렸다.

"너희들은 누구냐? 아니, 살아 있는 놈들이잖아! 여긴 죽은 혼들만 오는 곳인데, 네 놈들이 어떻게 여길 왔단 말이냐?"

악마의 신 루치페로.

비르질리오는 그들과 잠시 무엇인가 의논을 하고 싶다는 신호를 보냈다.

"그럼, 살아있는 놈은 보내고 너만 오너라."

그 말을 듣자 단테는 놀라서 뼛속까지 소름이 끼쳐왔다.

"선생님! 절 혼자 두고 가지 마십시오. 아니면 저와 함께 그만 돌아가시든지요.."

"걱정 말게. 우린 지금 하느님의 뜻에 따라 이곳에 온 것이네."

그러는 동안 악마들은 자기들끼리 서로 무슨 말을 주고받더니 갑자기 서둘러 성안으로 들어갔다. 비르질리오가 성문 앞에 서자 그들은 갑자기 문을 굳게 닫아걸었다. 비르질리오는 난처한 표정을 지으며 단테에게로 돌아왔다.

"저런 악마 놈들한테 무시를 당하다니. 하지만 기다리게. 놈들이 저러지

베르니니의 '메두사의 머리'.

만 결국 이 지옥문은 열릴 것이니 두고 보게. 머지않아 천사가 나타나 우리를 위해 문을 열어줄 것이네."

비르질리오의 안색은 약간 변했지만 잠시 후에는 화가 누그러져서 단테를 달랬다.

단테는 그 말을 듣고도 불안감을 감추지 못했다.

"지금까지 우리가 온 코스대로 여행한 사람은 내 친구들 중에도 아주 드물다. 난 죽은 후에 에리토네 사자로 지옥 중에서 가장 무섭다는 제9의 지옥에 떨어진 한 영혼을 구출하기 위해 이 성안에 들어와 본 적이 있다. 그래서 나는 누구보다 이곳을 잘 안다. 그러니 넌 걱정 말고 잠시 기다리거라."

그때 갑자기 피투성이가 된 세 사람의 푸리에(희랍말로 에리네)가 나타났다. 이 세 복수의 여신은 메두사(질투), 테세오(복수), 알레토(불안)이다. 그들은 몸은 여성이지만 머리는 녹색의 뱀을 띠로 맨 무서운 형상을 하고 있었다.

단테는 무서워서 비르질리오 뒤로 숨었다. 그러자 푸리에의 한 사람이 외쳤다.

"메두사를 데려와 저들을 돌로 만들어버리자!"

　메두사는 고르곤이라는 세 여괴의 하나로 처음에는 아름다운 인간의 딸이었으나 아테네신전에서 두 아들을 낳고 머리가 뱀으로 변했다. 그래서 그의 무서운 머리를 보는 사람은 즉각 돌로 변했다고 한다. 비르질리오는 단테가 고르곤을 잘못 보지 않게 하기 위해 단테를 뒤돌아서게 한 다음 손으로 눈을 가렸다. 그 순간 큰 지진과 폭풍우가 한꺼번에 몰려오는 것처럼 땅이 흔들리면서 천사가 내려왔다. 그러자 놀란 악마들은 한꺼번에 늪 속으로 뛰어 달아나버렸다. 이어 비르질리오는 단테에게 천사가 나타났으니 몸을 굽혀 예의를 표하라고 암시를 했다.

　단테가 몸을 굽히고 천사를 보았다. 천사는 작은 지팡이를 들어 올려 문을 밀었다. 굳게 닫혔던 큰 성문이 쉽게 열렸다. 주위는 놀랍게도 조용했다.

　"악마들아! 하늘의 뜻을 너희들이 감히 거역할 수 있겠느냐!"

　비르질리오가 외쳤지만 아무런 반응이 없었다.

제7 지옥의 골짜기

단테와 비르질리오는 성문을 통과하여 안으로 들어갔다. 성안의 주변 일대는 묘지로 뒤덮여 있었다. 어떤 묘지는 관 뚜껑이 열려있었는데, 그 속에서 신음소리가 들려오기도 했다. 묘지들 사이에서는 불꽃들이 피어오르고 주위는 흐린 어둠에 잠겨 있었다.

"스승님, 저 사람들은 누굽니까?"

"이곳은 선한 하느님을 외면하고 그릇된 신을 섬기던 자들이 와 있는 곳이다."

좁은 길을 따라 제6의 지옥 쪽으로 발길을 돌리자 가장 먼저 만난 사람은 그리스 철학자 에피클로스였다. 그는 기원전 341년에서 270년까지 살았던 쾌락주의의 창시자로서 인간의 영혼불멸설을 부정했다. 그는 인간의 영혼은 육체의 죽음과 함께 소멸된다고 주장한 철학자였다. 단테가 비르질리오와 그에 관한 얘기를 나누면서 걷고 있을 때 뜻밖에 한 남자가 묘지에서 목을 쑥 내밀고 말을 걸어왔다.

"여보세요, 여보세요! 당신은 살아있는 사람 같은데 어떻게 여길 왔소. 당신의 말소리를 들어보니 분명 토스카나의 피렌체 사람 같은데, 내 말이 맞죠?"

단테는 그의 말에 놀라서 무서움에 떨며 비르질리오 몸 뒤로 숨었다.

"단테, 숨지 말고 저 남자를 똑바로 보게, 저 자가 바로 파리나타네."

파리나타는 피린체의 우벨띠 가문 출신으로 영혼불멸설과 내세를 부정한 에피클로스파의 학자였다. 그는 1293년에 기벨리니 당의 당수가 된 후, 당원들과 함께 고향에서 쫓겨나 시에나에서 동지들을 규합, 전쟁에서 궬휘당을 대패시켰다. 단테의 할아버지는 바

영혼불멸설을 부정한 파리나타.

로 그 궬휘당 소속이었다. 비르질리오는 단테로 하여금 파리나타 앞에 서게 하였다.

"단테여, 저 자 앞에서 당당하게 말하라."

그 말을 들은 파리나타가 단테를 향해 물었다.

"그대는 어느 집안의 후손인가?"

그러자 단테는 정직하게 대답했다.

"우리 할아버지는 궬휘당원이었소."

"그럼 우리당의 적이었군. 난 궬휘당과 두 번이나 싸운 기벨리니 당수였소."

"궬휘당은 고향에서 쫓겨났지만 두 번이나 되돌아오지 않았소."

그때 또 다른 묘지에서 누군가가 얼굴을 내밀었다. 피렌체에서 왔다는 말을 듣고 혹시 자기 가족이 아닌가 싶어 고개를 내민 것이다.

"여보세요, 피렌체의 학자님! 내 아들 이름이 구이도요. 내 아들 소식을 아시오?"

"난 혼자 여길 온 게 아니오. 저기 계신 스승님께서 날 안내해주고 있는 것이오."

단테가 자세히 보니 그는 친구인 시인 구이도 카발칸티의 아버지였다. 그 역시 파리나타처럼 내세와 영혼의 존재를 믿지 않았던 사람이었다. 단테가 미처 대답도 하기 전에 그는 '구이도가 죽었단 말이오?' 하고 저 스스로 결론을 내리고 뒤로 쓰러져 다시는 모습을 내밀지 않았다. 단테는 잠시 파리나타와 여러 얘기를 나누었다. 그리고 마지막으로 파리나타에게 말했다.

"파리나타씨, 구이도는 피렌체에서 잘 살고 있다고 전해주십시오."

단테는 지독한 냄새가 풍기는 묘지를 떠났다. 비르질리오는 단테가 기운이 없어 보이자 위로의 말을 건넸다.

"단테야, 무슨 고민이 그리 많으냐. 언짢은 일들은 마음속에 깊이 접어두어라"

얼마쯤 가서 두 사람은 성벽 뒤의 오솔길을 따라 제7의 지옥의 골짜기 쪽으로 걸어갔다. 두 사람은 둥글고 큰 절벽 아래를 내려다보았다. 그곳에는 지금까지 보았던 형편보다 더 지독하고 비참한 광경들이 나타났다. 그들은 밑에서 치솟는 썩은 냄새로 숨이 막혀 코를 막아야 했다. 그리고 아래에서 올라오는 이상한 바람에 쓰러질 지경이었다.

"단테야, 천천히 내려가 보자. 아래에서 치솟아 오는 슬픔의 악취도 좀 익숙해졌을 테니."

"하지만 내려가는 건 시간 낭비가 아닐까요?"

"맞는 말이다. 그럼 이제부터 제7의 지옥을 설명해주지. 아래 바위에 둘러싸인 지옥은 셋으로 나뉘어져 있단다. 각 지옥마다 죄의 경중에 따라 깊은 곳으로 떨어진다. 첫 번째의 제7 지옥은 난폭한 짓을 한 사람들, 제8 지옥은 거짓말을 많이 한 사람들, 제9 지옥은 특별히 반역자들이 수용되어 있다. 각 지옥마다 저지른 죄질에 따라 분류, 격리되어 있다. 제7 지옥은 셋으로 나뉘어져 있는데, 그 제1구에는 살인자와 도둑놈, 남의 재산을 파괴한 자들이 있다. 제2구에는 자살한 자들과 도박꾼들, 고리대금업자들이 있다. 제3구에는 하느님을 무시한 자들이 수용되어 있다. 자아, 단테야, 나를 따라와라. 이미 새벽 4시이고, 우리들이 내려가야 할 절벽은 아직도 멀다."

뜨거운 강 슬픔의 숲

　절벽으로 내려가 보니 바위들은 몹시 험악했다. 그들은 어쩔 수 없이 그 곳을 걸어가야 했다. 그곳에는 몸통은 사람인데 황소의 머리가 달린 미노타우루스가 누워 있었다. 크레타 섬의 왕이었던 미노스의 왕비 파시훼는 바다의 신이 준 황소를 연모하여 마침내 미노타우루스 같은 괴물을 낳았다.

　미노스 왕은 왕비가 미노타우루스를 낳자 창피해서 괴물 미노타우루스를 미궁에 유폐시키고 아테네 시에서 해마다 젊은 남녀 일곱 명씩 데려다 제물로 바쳐 미노타우루스를 먹였다. 그러자 아테네의 성주 테세우스가 미노타우루스를 잡아 죽였다.

　그 괴물은 살아 있을 때, 너무 난폭한 짓을 많이 해서 죽은 후에 이곳에 들어온 것이다. 괴물은 두 사람을 보더니 화가 나서 제 몸을 물어뜯고 있었다. 비르질리오가 그것을 보고 말했다.

몸은 사람이지만 황소의 머리가 달린 미노타우루스.

"네 이놈! 우린 널 죽인 아테네의 테세우스가 아니다."

그러자 미노타우루스는 비틀거렸다.

"단테야, 어서 여길 빠져 나가자."

두 사람은 위험한 바위를 더듬어 골짜기 아래쪽으로 내려갔다.

"이 바위는 전에는 이처럼 험악하지 않았는데, 이처럼 된 것은 옛날 지옥의 왕 루치페로를 디테에서 끌어내리려고 예수 그리스도가 이곳에 왔을 때부터였다. 그때 여기 있었던 바위들이 부서지고 다른 곳에서는 산사태가 났다. 예수 그리스도가 세상을 악으로부터 구하기 위해서 십자가에 못 박혔던 것이다. 마태복음 27장에 기록된 것처럼 당시 세상은 어두워지고 땅은 진동하고 이 골짜기도 그때부터 이렇게 위태롭게 된 것이다. 단테야, 저 아래 강을 보아라. 저 붉은 물들은 인간들이 흘린 피이다. 폭력으로 남에게 해를 입힌 자들은 바로 저 뜨거운 강 속에서 살아야 한다."

그 다음에는 활처럼 굽은 큰 강이 있었다. 그리고 그 강가의 언덕에는 활을 가진 말 탄 괴물이 있었다. 그 괴물이 단테를 보고 소리쳤다.

"이놈들아! 너희들은 무슨 벌을 받으려고 여기까지 내려왔느냐. 그 자리에 멈추고 대답을 해라. 아니면 이 활로 쏘겠다."

그러자 비르질리오가 대답했다.

"우리들은 그곳 켄타우루스의 키론에게 말하겠다."

켄타우루스는 본래 그리스 메살라니아 산악지대의 야만족으로 얼굴은 사람인데 몸통은 말의 모습을 한 괴물로 포악의 상징이었다. 키론 역시 켄타우루스 중의 하나였지만 키론은 천문학과 의학과 음악에 조예가 깊다는

켄타우루스족의 싸움.

것을 단테도 잘 알고 있었다. 비르질리오가 키론을 선택한 것은 그런 이유 때문이었다. 비르질리오는 키론을 만나서 말했다.

"단테는 죽은 영혼이 아니라 생존인물입니다. 내가 단테의 길 안내를 맡게 된 것은 베아트리체의 부탁을 받았기 때문이오. 사정이 이렇게 되었으니 당신이 이곳 길 안내를 맡아줄 수가 있겠소?"

키론은 그 말을 듣고 넷소에게 부탁했다. 그들은 넷소의 안내로 피의 강을 걸어갔다. 넷소는 피의 강에 빠져 겨우 고개만 내놓고 있는 사람을 가리키며 말했다.

"저 놈들은 살아있을 때 남의 피와 재산을 강탈했던 자들이오. 살아있던 옛날에는 훌륭한 왕으로 불렸지만 사실은 백성들을 몹시 괴롭혔습니다. 5세기의 사제이자 역사가인 오르시우스의 말에 의하면 마케도니아의 폭군 알렉산드로스는 페르시아 전쟁을 시작할 때 친척과 측근들을 모두 죽이고 떠났다는 기록이 있습니다. 그는 신하의 꾀에 넘어가 독약을 마시고 죽었소. 시칠리아 섬의 시라쿠사의 폭군 디오니시오스 그리고 북이탈리아의 폭

군으로 유명한 앗솔리노도
있습니다. 저들은 지금 저렇
게 비통한 상황에 빠져있습
니다."

두 사람은 넷소의 말을 들
으면서 피의 강 속에서 허우
적대는 사람들을 바라보았다.
그들은 갈수록 물속에 피의
양이 적어지는 것을 알았다.
물이 발목 깊이쯤 왔을 때
넷소가 단테를 향해 말했다.

알렉산드로스

"자아, 여기서 강을 건너
시오. 여기서부터는 더 깊어집니다."

단테가 얼마쯤 건너가자 다시 울부짖는 소리가 들려왔다.

"여보세요, 여보세요!"

"저쪽에는 흉노족의 왕으로 이탈리아를 침략한 앗치라이가 있고, 그리스
의 에피로 왕도 있습니다."

또다시 두 사람은 얕은 곳으로 갔다. 피의 내를 지나자 이번에는 길이
하나도 없는 숲이 이어졌다. 숲속의 나무들은 푸른빛이 없고 모두가 검었
다. 가지는 마디만 있고, 열매도 열리지 않았으며, 가시들이 많이 나 있었
다. 우연히 위를 올려다보니 여자 얼굴을 한 새의 괴물 아루피에가 둥지 속

에 있었다.

"여긴 제7의 지옥 중에 제2의 문이오."

단테는 아무리 주위를 둘러보았지만 사람이 없었다. 비르질리오가 단테에게 말했다.

"가지 하나를 꺾어보게."

단테는 가시가 있는 작은 가지 한 개를 꺾어 보았다. 그러자 그 밑둥(줄기)이 말했다.

"야, 이놈아! 내게 원한이 있느냐?"

단테는 깜짝 놀랐다. 꺾은 자국에서 검은 피가 줄줄 흐르고 있었다. 나뭇가지가 단테를 향해 화를 내며 말했다.

"우린 지금은 나무지만 본래는 사람이었다. 비록 우리들은 넋으로만 남아 있지만 넌 우리를 조금은 불쌍히 여길 수도 있지 않겠느냐?"

비르질리오가 곧 그들과 한동안 얘기를 계속했다. 단테는 비로소 그 나무가 악한 자들의 영혼이 형체를 바꾼 것이라는 것을 알았다.

"알고 싶은 것이 있으면 어서 묻게. 시간만 낭비하지 말고…."

"선생님! 저는 연민의 마음이 가득 차서 말이 안 나옵니다. 선생님께서 대신 물어보아 주십시오."

단테가 대답하였다. 그리하여 비르질리오가 나무에게 물었다.

"여보시오, 어떻게 이런 나무 마디 속에 당신의 영혼이 처박혀 있소. 서로 떨어질 수는 없습니까?"

"제 말을 들어보시오. 제가 어쩌다 정신이 돌아서 힘을 썼더니 미노스가 달려와서 나를 이곳으로 데려왔습니다. 제가 머물 곳은 이곳뿐입니다. 난 여기서만 싹이 트고 나무로 자랐을 뿐이오."

　바로 그때 나무가 다시 입을 열려는 순간 소란한 소리가 들렸다. 산돼지와 사냥개가 나뭇가지 사이를 스치는 소리였다. 두 놈은 모두 발가벗은 채 무슨 소리를 지르며 숲속을 달리고 있었다. 그들은 시에나 출신의 라노와 파두아의 큰 부자였던 자코모 산딴느레아였다. 그들은 재산을 탕진한 후 절망으로 자살한 사람들이었다.

제리오네의 괴물이야기

슬픔의 숲을 지나 더 깊이 들어가자 땅은 마치 사막처럼 메말랐다. 그곳은 여기저기서 벌거벗은 영혼들이 불의 비를 맞고 있었다. 그들은 생전에 모두 하느님을 비웃던 사람들이었다. 다시 얼마 안 가서 그들은 제1의 입구에서 흘러내리는 붉은 피의 강에 도착했다.

단테가 지옥의 문을 거치는 동안 이곳 피의 강에 사람이 가장 많았다. 그때 비르질리오는 멈추어 서서 말했다.

"지중해의 크레타 섬 한 가운데 '이다' 라는 산이 있다. 지금은 아주 황폐하지만 그 산의 정상에는 거인의 상을 새긴 탑이 있다. 이 거인은 다니엘서에 나오는데 나부꼬도노솔 왕의 꿈속에 나타난 거인상을 말한다. 성서 속의 거인은 이상적인 세상의 변화를 예견하고 있다.

그 탑은 이집트의 옛 도시 다미아타를 옆쪽으로 하면서 정면은 로마를 향해 서 있다. 다미아타는 파라오 시대의 죄악과 노예생활을 뜻하고, 로마는 예수 그리스도를 통해 교화된 로마의 영적 해방을 상징하고 있다.

거인의 머리는 순금으로 만들어져 있다. 이것은 죄를 모르는 훌륭한 시대를 뜻한다. 팔과 가슴은 은이고, 배는 구리, 그리고 그 아래는 철로 만들어져 있는데, 오른쪽 발은 구은 흙으로 만들어졌다. 여기서 오른발은 교회를 뜻하고 왼발은 국가를 상징한다. 오른발의 구은 흙은 교회의 중요성을 강조하는 의미에서 국가가 오른발로 버티고 있다는 뜻이다.

그래서 그 상이 오른쪽 발로 버티고 있는데도 쓰러지지 않고 있어서 모두들 이상히 여긴다. 그 상은 금으로 된 머리만 완전하고 나머지는 모두 흠이 나 있는데 그 흠에서 눈물이 흘러 강을 이루고 있다. 그 눈물의 강은 바위를 타고 흘러내려 지옥의 문 아케론으로 흘러 들어가고 있다."

지옥의 아케론 강(미켈란젤로 '최후의 심판' 중 부분화).

비르질리오 말에 대해 단테가 물었다.

"그런데 왜 우리가 오는 동안 눈에 띄지 않고 지옥에서 피의 강이 되어 보이죠?"

"그건, 지옥이 마치 깔때기 모양을 하고 있는데 우리는 왼쪽으로 돌아왔으므로 도중에 서로 만나지를 못했던 것이네."

"선생님, 한 가지만 묻겠습니다. 플레제톤타 강과 레테 강은 어디 있죠?"

"아까 우리가 지나온 제7의 지옥에서 맨 처음에 본 강이 플레제톤타 강이고, 레테 강은 여기가 아니고 다른 연옥계에 있지. 죄를 회개하고 면제받으려면 스스로 그 강에 가서 그 물로 씻어야 하네. 그래야 잘못을 잊을 수 있네. 그래서 레테 강을 망각의 강이라고도 부르는 것이네."

숲에서 꽤 떨어진 둑을 단테가 걷고 있을 때 그 주변에 많은 영혼들의 날카로운 눈들이 모래펄 속에서 빛나면서 단테를 뚫어지게 바라보고 있었다. 단테가 깜짝 놀라 그를 보니 얼굴이 거의 타서 형체를 알아볼 수 없는 인상을 하고 있었다. 하지만 단테는 그가 피렌체의 정치가로 단테가 존경하던 스승 브루네토 라티니라는 것을 알았다. 그는 피렌체의 궬휘당 소속 철학자로 정치적 박해를 받아 프랑스로 망명했다.

"브루네토 선생님? 왜 이런 곳에 와 계시죠?"

단테는 피렌체의 귀족 브루네토를 보자 크게 놀라 잠시 머물러 그와 얘기를 나누었다.

"자네가 웬일인가?"

"제가 지상에 살아있을 때는 인생이 70이라고들 말했습니다. 그래서 좀 더 살 거라는 생각하고 있었는데 어쩌다가 방황의 어두운 숲속을 헤매다가 4월 8일인 어제 비르질리오 선생님을 만나 이곳을 안내받고 있습니다."

"단테, 만일 지상 세계에서의 내 상상이 맞다면 자넨 틀림없이 천재성을 발휘했을 것이네. 피렌체 사람들은 사람을 못 알아보고 욕심이 많고 시기심이 많으며 거만하네. 그러니 자네는 그런 사람들 본을 받지 않도록 하게. 시간이 없어서 더 이상 얘기할 수 없고, 남 말을 하는 것은 좋은 일이 아니네만 이것 하나는 잘 알아두게. 이곳에 와 있는 사람들 중에는 사제와 학자들이 대부분인데 대체로 자연의 이치를 거스른 죄를 지은 사람들이라네. 법학자 프란체스코 다코르소, 그리고 피렌체의 승정 안드레아 데모씨 등이 이곳에 나와 함께 있네. 나는 자네에게 오직 내가 쓴 테소르만을 읽기를 권하고 싶네."

브루네토는 그 말을 남기고 떠나버렸다. 테소르는 부르네토가 프랑스 망명 중에 프랑스어로 쓴 백과사전적 저작으로, 이 책이 나오기 전까지 프랑스 산문은 성서의 번역이나 역사 해석이 대부분이었다. 이 책은 프랑스 산문의 첫 교본이 된 책이다.

그 후 단테는 험준한 절벽을 지나 제8의 지옥 가까이 왔다. 그곳에서는 제7의 지옥으로부터 제8의 지옥으로 떨어지는 폭포 소리가 귀청이 떨어질 듯이 울렸다. 단테가 멈추자 죄인들이 불평을 터뜨리면서 가까이 다가왔다. 그 중 세 사람이 단테를 발견하고 손을 맞잡고 다가왔다. 그들 중에는 피렌체의 명문가의 딸 괄드라다가 있었다. 그녀는 피렌체의 벨리치오네 벨띠의 딸로 아름답고 정숙하기로 소문이 나 있었다. 그녀는 피렌체의 과격한 궬휘당 당수였던 구이도 궤르라와 결혼하여 네 아들을 두었다. 그들은 지금 머리칼이 하나도 없는 추악한 몰골을 하고 있었다. 너무도 비참한 모습이었다.

"당신은 이 암흑의 세계에서 어서 떠나 아름다운 별들을 볼 수 있는 지상으로 가세요. 가신 후에 이곳 얘기를 하실 때 아무쪼록 우리들 얘기는 잊지 마세요."

그녀가 말을 끝내자 세 개의 그림자는 날개가 돋친 듯 사라졌다. 단테는 그때까지 허리에 새끼를 두르고 있었는데 비르질리오의 말대로 그것을 풀어 둥글게 틀어서 스승에게 드렸다. 그러자 스승은 그것을 깊은 골짜기로 던져 버렸다. 단테는 비르질리오가 그런 일을 한 후에는 필경 무슨 일이 일어날 것이라고 생각했다.

"이제 뭔가 나타날 것이니 조금 기다려 보게."

비르질리오가 말했다. 이윽고 두 사람이 서 있는 골짜기에 큰 소용돌이를 일으키며 제리오네라는 굉장한 괴물이 나타났다. 얼굴은 사람인데 몸은 큰 뱀이었고 꼬리는 뾰족했다. 제리오네 괴물은 사람 얼굴을 하고 있어서 사람을 속이기 좋지만 날카로운 꼬리로 사람을 해치기에도 좋았다.

신화에서 보면 괴물 제리오네는 스페인의 왕자였으나 후에 암살당한다. 그는 의인의 모습을 하고 사람의 신뢰를 산 후에 화려한 몸으로 사람을 유혹하고 나중에는 뾰족한 꼬리로 사람을 찌른다. 비르질리오가 단테에게 말했다.

"자넨 저기 제3구를 잘 돌아보고 오게. 난 여기서 제리오네와 얘기를 좀 하고 있을 테니. 날 오래 기다리도록 하지는 말게."

단테가 급히 가보니 그곳에는 살아 있을 때 남에게 돈을 꾸어주고 비싼 이자를 받아먹던 고리대금업자들이 있었다. 그들은 뜨거운 모래 위의 불꽃에 고통을 당하고 있었다. 그 모습은 여름날 모기나 벼룩, 쐐기에 한꺼번에 물린 개가 미쳐서 날뛰고 있는 꼴이었다.

단테가 알고 있는 사람은 제각기 목에 돈지갑을 걸고 있었다. 어떤 지갑은 누런 바탕에 하늘빛 사자 모양이 새겨져 있었고, 붉은 바탕에 흰 새가 그려져 있는 것도 있었으며, 흰 바탕에 하늘빛 어미 돼지를 채색한 것 등등, 여러 가지가 있었다.

그들은 모두 뜨거운 불에 그슬려 고통스러워하면서 돈지갑에만 정신을 빼앗기고 있었다. 단테는 그 모습을 한동안 바라보다가 비르질리오의 말이 생각나서 이내 돌아섰다. 이윽고 단테는 비르질리오의 말대로 괴물 제리오네의 어깨에 올라탔다.

"자아, 제리오네! 출발이다. 오늘은 조용히 내려가 다오."

그들은 마치 작은 배가 강기슭을 떠나듯이 조용히 제7의 지옥을 떠났다. 두 사람을 태운 괴물 제리오네는 마치 뱀장어 같이 몸을 움직여 골짜기 아래로 내려갔다.

하느님의 이름으로 돈을 번 자의 지옥

괴물 제리오네가 도착한 곳은 제8의 지옥으로 말레볼지에라는 이름이 붙어 있었다. 단테가 지어낸 사악한 주머니라는 뜻이다. 바위가 깎아 세운 듯 높고 골짜기는 10구역으로 나누어져 있었는데 구역마다 각각 죄가 달랐다.

제1 주머니에는 여자를 속인 죄인들이 마귀들로부터 채찍질을 맞고 있었다. 제2 주머니에는 아첨자들이 거름 속에 빠져있었다. 아무튼 이곳에는 간계를 부려 사람을 속인 죄인들이 있는 곳이 분명했다.

단테는 험준한 절벽을 내려가서 돌다리가 걸려 있는 어두운 바위 위에서 뿔이 달린 마귀가 악한들을 채찍질하여 쫓고 있는 것을 보았다. 그 중에서 문득 본 일이 있는 듯한 사람 앞에 두 사람은 멈추어 섰다. 그 중에는 볼로냐의 정치가 베네티코가 있었다. 그는 볼로냐의 궬휘당 당수로 성격이 거칠었으며 자기 숙부를 죽였다. 단테는 소리를 질렀다.

"여보게, 자넨 베네티코가 아닌가?"

그러자 그는 무척 부끄러워하면서 단테를 향해 말했다.

"난 자네와 말하고 싶지 않네. 난 내 누이를 속여 후작의 손에 맡긴 죄로 이렇게 되었네. 여기엔 나 말고도 볼로냐 사람이 많이 있다네."

그런 얘기를 하고 있을 때 뜻밖에도 마귀가 와서 베네티코를 향해 말했다.

"네놈은 거기서 뭘 하고 있느냐. 여긴 돈벌이 될 만한 여자는 없어, 이 놈아!"

그러면서 마귀가 베네티코를 채찍으로 지독하게 후려쳤다. 단테는 곧 그곳에서 빠져나와 제1구의 골짜기를 지나서 제2구의 골짜기로 들어섰다. 그곳에는 더러운 똥오줌의 수렁이 있었고, 그 속에서 많은 사람들이 우글거리고 있었다.

그곳은 살아있을 때 아첨을 많이 한 죄인들이 사는 곳이었다. 그들은 입으로 죄를 지었기 때문에 여기서도 마음에 없는 아첨을 하려고 입을 벌리면 똥물들이 목으로 넘어간다. 사람들이 못된 사람을 가리켜 '똥물에 튀길 놈' 이라고 말하는 것처럼 이곳 지옥은 실제로 그들을 똥물에 튀기고 있었다.

단테는 제2구의 골짜기를 빠져나가 제3구의 골짜기로 갔다. 그곳 묘지는 지금까지 보던 것과는 아주 달랐다. 묘지는 온통 납빛의 큰 바위 옆에 구멍이 뚫려 있었다. 그리고 그 속에서는 붉은 불과 죄지은 자들의 발이 움직였다. 자세히 보니 그 구멍 속에는 죄인들이 머리를 땅에 처박고 불에 달구어지면서 고통에 못 이겨 발버둥을 치고 있는 모습이었다.

비르질리오가 단테에게 그 광경을 설명했다.

"여긴 전능하신 하느님을 섬기는 귀한 직책을 이용해서 돈벌이를 한 사람들이 벌을 받는 곳이네. 세상에서 그리스도를 섬기는 사제나 목사 등 성직자로 자처하는 자들이 하느님의 이름을 팔아 신자들로부터 돈을 거두어 착한 일을 하지 않고 탕진하는 자들을 엄중히 심판하는 곳이지. 저기 가장 잘 보이는 사람이 바로 교황 니콜로 3세라네. 아무리 세상에서 천한 신분이라도 덕망이 높으면 성인이 되어 천당으로 올라가지만 그와 반대로 제아무리 성직자라도 죄를 지으면 하느님의 엄중한 형벌을 받는 것이네.”

니콜로 3세는 1277년부터 1280년까지 교황으로 재위했으며 본명은 오르시니였다. 그는 강력한 정치적 카리스마를 가진 인물로 나폴리의 왕 양쥬의 샤를르 1세가 권력을 이탈리아의 중부까지 뻗쳤으나 교황권의 독립을 회복한 인물이었다.

그는 유명한 아씨시의 성 프란치스코와 친구로 그가 교황 재위 시에는 프란치스코 수도사 5명을 몽골에 파견한 일도 있었다. 그런 그는 사마리아의 마술사 시모니아가 사도들에게 안수 기도로 성신을 내리는 것을 보고 그들에게 돈을 주어 그 권능을 샀다.

그로 인해 교황 니콜로 3세는 성직과 성물을 매매한 죄로 불리는 시모니아simonia를 저지르게 된다. 그 전까지 니콜로 3세는 고결한 인격자로 추앙받았던 인물이었지만 하느님은 그를 벌로 다스린 것이다.

단테는 그런 끔찍한 광경을 목격했다. 하느님의 이름으로 돈을 번 자의 처벌은 무서웠다. 단테는 큰 한숨을 내쉬며 험한 돌다리를 건너 제4구의 골짜기를 향하여 걸어갔다. 단테는 그동안 괴롭고 한탄하고 분노하는 소리만을 들어 왔지만 여기에 오니 이상하게도 그 누구 한 사람의 신음소리도 들리지 않는 행렬을 만났다.

행렬을 지어 걷는 사람들의 얼굴은 모두 찌그러지고 뒤틀려 있었다. 그들은 모두 눈물을 뚝뚝 흘리며 걷고 있었다. 단테는 자신도 모르게 불쌍한 생각이 들어 바위 모퉁이에 매달려 울음을 터뜨렸다. 그러자 비르질리오가 그 모습을 보고 말했다.

"여보게. 울지 말게. 저들은 중풍으로 얼굴이 찌그러진 것이 아니네. 저 사람들은 살아있을 때 미래를 예언한다고 많은 사람들을 현혹시킨 점쟁이들이었네. 그래서 하느님의 벌을 받고 있는 것이니 저 자들을 동정하면 죄가 된다네. 고개를 들고 잘 보게."

단테가 얼굴을 들고 자세히 보니 거기에는 유명한 점쟁이 티레시아며, 아로시타도 있었다. 그들은 얼굴들이 모두 일그러져서 생전의 모습은 전혀 알 수 없었다. 티레시아는 떼배의 유명한 점쟁이로 숲에서 두 마리의 뱀이 하나로 어울린 것을 지팡이로 떼어내면서 몸이 여자로 변신했다. 7년 후에는 똑같이 어울린 뱀을 때려 다시 남자로 변신했다고 한다. 또한 이탈리아의 점쟁이 아로시타는 체사레와 볼때오 전쟁 때 체사레의 승리를 예언하여 유명해졌다.

제5구로 들어서자 주변 일대는 타르 연기로 지독했다. 두 사람이 바위 다리 위에 서 있을 때 마레프랑케라는 이름을 가진 검은 박쥐 날개를 가진 귀신이 나타났다. 마레프랑케는 몹쓸 손톱이라는 뜻이었다. 그 귀신은 발톱에 사람을 거꾸로 매달고 연못을 바라보았다.

"연못 속의 마레프랑케! 루카 시에서 괘씸한 관리 한 놈을 데려왔으니 받아 주게. 이런 놈들은 루카 시에 아직도 많다네."

그렇게 말한 다음 귀신은 뜨거운 타르 연못 속에 그를 떨어뜨렸다. 그 관리가 잠시 후에 떠오르자 주변에 있던 귀신들이 쇠스랑으로 꾹꾹 쳐 눌러 집어넣으며 말했다.

"야, 이것들아! 여긴 루카 시의 성 마루치노 성당과 다르다는 걸 알아야지. 이젠 빌어 봐야 소용없어! 루카 시에 흐르는 세루키오 강에서 헤엄치는 것과 맛이 다르냐? 쇠스랑으로 찔리는 게 싫거든 떠 올라오질 말거나."

이곳은 살아 있을 때 뇌물을 받아먹은 관리들이 벌 받은 곳이었다. 그 중에 영문도 모르는 귀신들이 비르질리오를 향해 쇠스랑을 돌리며 덤벼들었다. 그러자 비르질리오는 귀신들의 두목인 마라코다를 불러서 혼냈다.

"마라코다여! 네게 할 말이 있으니 그 쇠스랑을 치워라. 우린 여기로 오는 동안 별 귀신을 다 만났지만 무사히 여기까지 온 것은 하느님의 뜻이 있었기 때문이다."

그 말을 들은 귀신들이 "그렇다면 할 수 없군." 하는 말이 들려왔다. 하지만 어떤 귀신은 여전히 두 사람을 위협했다.

"쇠스랑 맛을 한번 볼래?"

그들이 쫓아왔다. 단테는 비르질리오에게 외쳤다.

"선생님, 빨리 이곳을 떠나죠. 그들이 서로 이상한 눈짓을 하고 있습니다. 선생님께서는 길을 잘 알고 계신지요?"

비르질리오는 전혀 아무렇지도 않다는 듯이 말했다.

"걱정 말게. 저것들이 아무리 그래도 타르 연못 속의 죄인들을 상대하는 자들이니까."

둑에서 연못 쪽을 보면 죄인들은 마치 연못의 개구리가 콧등만 내놓고 물 위로 떠 있는 것처럼 보였다. 늪에서 고통을 받고 있는 죄인 중에는 단테가 알고 있는 정부 관리들도 꽤 많이 있었다. 정부 관리들 가운데 뇌물을 안 받은 자들은 거의 없었다.

　마레프랑케는 그들을 못살게 굴었다. 그러던 중 박쥐같은 마레프랑케가 푸른 매를 보자 싸움을 걸었다. 양쪽이 독의 발톱으로 서로 할퀴다가 모두 연못 속으로 떨어지고 말았다.

말치레로 살아온 자들의 납옷

단테와 비르질리오는 잠시 동안 숨소리도 내지 않고 걸었다. 박쥐와 매가 싸우다가 연못으로 떨어진 틈을 타서 둘이 그곳에서 빠져나온 것이다. 단테는 마치 이솝이야기 속의 주인공이 된 느낌이었다. 개구리와 쥐가 길을 가다가 물가에 다다르자 쥐를 제거할 마음을 가진 개구리가 쥐에게 물속에서 헤엄쳐 갈 때는 서로 피곤하지 않도록 발을 묶자고 제안한다. 둘은 발을 묶고 물속으로 들어간다. 들어가자마자 쥐는 곧 죽어서 몸이 물 위에 둥둥 뜬다. 그것을 본 솔개가 쥐를 낚아채 끌어올리는데, 아뿔싸 발이 묶인 개구리까지 끌어올려진다. 쥐를 죽이려던 개구리 역시 솔개에게 잡힌다는 얘기다. 단테는 이 이솝우화를 떠올리며 혹시 박쥐 귀신들이 뒤쫓아 오지 않나 두려웠다.

"우린 이미 제6구에 들어섰으니 박쥐 귀신들은 더 이상 쫓아올 수 없을 것이네."

두 사람은 서둘러 걸었다. 제6구에서 단테는 멋진 금빛 망토를 입은 사람들을 만났다. 망토는 겉만 금으로 도금되었고, 안쪽은 납이어서 무척 무거웠다. 그래서 그들의 걸음은 무척 느렸다. 두 사람은 그들을 앞질렀다. 그들이 그처럼 무거운 망토를 입게 된 것은 세상에 사는 동안 겉으로 말치

레만 했을 뿐 속으로는 못된 짓만 했기 때문이다.

황제 페데리고 2세는 실제 반역자를 처벌하면서 옷을 벗기고 무거운 납 옷을 입혀서 큰 솥에 넣어 끓였다고 한다. 그러나 그 옷도 지옥으로 떨어진 위선자들이 입은 옷에 비하면 밀짚처럼 가볍다고 한다.

단테는 다시 길가에서 결박당한 채 세 개의 말뚝에 묶여있는 남자들을 보았다. 그들은 옛 바리새인들의 권유로 다수를 위해서는 한 사람쯤은 괴롭혀도 된다고 말했던 유대인 제사장 가이파였다. 그는 지금 그 죄로 고통을 받고 있었다.

비르질리오는 지친 단테를 격려하면서 말했다.

"기운을 내게. 부드러운 털 이불 위에 앉거나 누워서는 성공할 수 없네. 성공하지 못하고 죽으면 연기나 물거품이 되어버리네"

단테는 더 좁고 험한 제7의 골짜기로 내려갔다. 돌다리를 건너자 주위가 조용해졌다. 다리 위에서 내려다보니 제8구의 절벽이 보였다. 그 좁은 계곡에는 살아있을 때 남의 물건을 훔친 도둑들의 영혼이 끔찍한 뱀으로 변해서 여기저기에 도사리고 있었다.

뱀들은 어두운 골짜기에서 눈빛을 반짝이며 무언가를 노리고 있었다. 뱀들은 서로 엉켜있어서 분간할 수 없었지만 그 중에는 피렌체 사람이 다섯 명이나 보였다.

단테는 자신도 피렌체 사람인데 낯을 들고 걸을 수가 없었다. 제8구 골짜기로 내려가자 불꽃들이 마치 반딧불처럼 날고 있었다. 단테는 그 모습이 마치 옛날 불의 말이 끄는 불의 수레가 바람을 타고 하늘로 올라간 얘기가

조토가 그린 대제사장 가이파 앞에 선 예수.

떠올랐다.

그때 비르질리오가 단테에게 말했다.

"저 불 속에 영혼이 숨어 있네. 그곳에는 세상에 살 때 갖은 계략을 내세워 사람들을 속인 자들이 모여 있네. 트로이 전쟁 당시의 장군이었던 우릿세도 있고, 디오메데도 저 속에서 형벌을 받고 있다네."

"그럼 불 속에 있는 저들과 말을 나눌 수는 없습니까?"

"왜 할 수 없겠나. 하지만 내가 말을 건넬 테니 자넨 말을 하지 말게. 저들은 그리스인들이므로 말이 잘 통하지 않을 걸세."

이윽고 반딧불 같은 불꽃이 가까워 오자 비르질리오가 말문을 텄다.

"우릿세와 디오메데! 그대들이 살아있을 때 내가 속마음을 알아서 그것을 노래로 써두었다면 이런 일은 없었을 것인데 정말 유감이오. 우릿세여, 자넨 20년 동안 방황한 후에 조난을 당했는데 어느 항해였소."

그러자 흐늘거리는 불꽃 속에서 분명히 우릿세의 목소리가 들려왔다.

"이탈리아 남부 가이에타…후에 가에타라는 이름으로 바뀐 곳에서 1년을 지내고 부모와 처자의 애정에 끌려 괴로웠지요. 그래서 마침내 일행을 데리고 작은 배로 지중해로 나와서 스페인의 모로코로 갔습니다. 지브롤터 해협의 체우타를 지나면서 나는 일행들에게 말했습니다. '우린 서쪽에서 왔으나 사람들이 살지 않는 남쪽으로 가서 남은 생애는 덕과 지식을 쌓으며 살 것이다' 라고. 그리고 큰 바다로 나온 지 다섯 달 만에 연옥의 정죄산에 도착했습니다. 우리는 기뻤으나 갑자기 큰 태풍이 불어 배가 세 번이나 맴돌았습니다. 그러나 배가 네 번째 돌 때 하느님의 뜻이었는지 뱃머리가 저절로 아래로 향해 마침내 우리는 바다와 작별하고 말았습니다."

우릿세의 말이 끝나자 불꽃이 다시 조용해졌다. 단테는 그 다음 루마니아의 가베린 당 당수였던 구이드 다 몬테페드로를 만났다. 그는 후에 프란체스코회에 들어갔다.

단테가 그 불꽃을 만나서 여러 가지를 묻자, 그는 대답했다.

"나는 70이 넘어서 프란체스코의 수도원에 들어갔습니다만 겉으로만 수도자였을 뿐이었습니다. 어느 날 콘스탄틴 대제가 나와 상의할 일이 있어서 찾아왔는데 그때 그 분은 술에 좀 취해있었습니다. 나는 그의 말을 잠자코 듣다가 지혜로운 말을 해준답시고 '남을 속이면 성공한다.'는 말을 해주고 말았습니다. 내가 죽자 검은 천사인 귀신이 나타나서 '프란체스코 수도자들아, 너희들은 간교한 짓을 남에게 가르친 죄로 우리들과 한패가 되었다.'라고 말했습니다. 그것이 지금 당신이 보듯이 내가 불의 옷을 입고 있는 이유요."

그는 얘기가 끝나자 끔찍한 불꽃 소리를 내면서 어디론지 사라졌다. 단테와 비르질리오는 다시 돌다리를 건너 제9의 골짜기로 갔다.

하느님께 반역한 자들의 영혼들

제9구의 골짜기에 들어가서 보았는데, 그 처참한 상황을 말로 표현할 길이 없었다. 사람들은 온몸이 모두 찢기고 잘린 채 내장들이 나와 있었다. 단테는 그들을 차마 볼 수 없어 외면하고 걸었다. 비르질리오가 가리킨 쪽을 보니 유명한 마호메트가 있었다. 마호메트는 회교도의 교조로서 550년 아라비아의 메카에서 태어나 633년 메디나에서 세상을 떠났다. 그는 종교 분쟁을 빚어낸 자였다. 그러자 바로 그때 누군가가 마호메트에 대해 설명을 시작했다.

"마호메트도 이 지경입니다. 지금 내 앞에서 울고 있는 사람은 마호메트와 종형제인 알리 다아브입니다. 그 외에 이곳에 있는 사람들은 모두 세상에서 분쟁의 씨를 퍼뜨린 자들입니다. 저들은 여기까지 와서도 패를 가르고 싸워서 저처럼 몸이 성한 사람들이 하나도 없습니다. 보시면 잘 아시겠지만 저들은 앞을 다투어 돌고 있을 때 귀신이 저들을 저런 꼴로 만들어 놓았습니다. 헌데 당신들은 누구십니까. 제2의 지옥 어구에 있는 재판관 미노스가 무서워서 머뭇거리지는 않았나요?"

그러자 비르질리오가 말했다.

"여보게, 우린 미노스의 형벌을 받으러 온 것이 아니라 지옥을 견학 중이

이슬람교 창시자 마호메트.

라네."

그 말을 듣자 가까이 있던 사람들이 목청을 높여 단테에게 물었다.

"머지않아 해를 볼 수 있는 사람에게 할 말이 있소. 세상에 나가거든 사도파의 프라 트루치노에게 내 말을 전해 주시오. 만약 나같이 이런 지옥에 오기 싫으면 사고방식을 바꾸어 살라고 해주시오."

단테가 그 말을 한 사람을 자세히 보니 마호메트였다. 그는 그 말을 마친 후에 어디론지 사라져버리고 없었다. 단테는 그들이 불쌍해서 눈물을 흘렸다. 그러자 비르질리오가 단테에게 말했다.

"넌 왜 우느냐. 저 몸이 잘린 영혼들이 불쌍하느냐. 저들은 22마일이나 되는 이곳 골짜기에 널려있어서 한나절을 보아도 모자란다. 시간이 없으니 어서 가자."

비르질리오가 발길을 서둘렀다. 단테는 비르질리오의 뒤를 따라 제10구의 골짜기로 뒤쫓아 갔다. 긴 돌다리를 왼쪽으로 돌아 어두운 골짜기 아래를 내려다보니 그곳에는 세상 살 때에 사기를 치던 사람들이 함정에 빠져 온갖 병으로 고통을 받고 있었다.

어떤 사람은 배를 깔고 기어 가고, 어떤 사람은 지쳐서 남의 어깨에 기대고 있었고, 짐승처럼 네 발로 기는 자도 있었다. 그리고 온몸에 부스럼이 생겨서 손톱으로 딱지를 뜯어내고 있는 자도 있었다. 비르질리오가 그 중 한 사람을 붙잡고 물었다.

"여기 라티오 사람 있소?"

"여긴 모두 라티오 사람들뿐입니다. 헌데 당신은 누구요?"

"나는 산 사람에게 지옥을 견학시키고 있는 중이오."

조반니 스트라다노가 그린 연금술의 실험실

그러자 병자들이 몸을 일으켜 단테를 바라보았다. 비르질리오가 단테에게 물었다.

"궁금한 점이 있으면 지금 저 사람들에게 물어보게."

그러자 단테가 말했다.

"나는 머잖아 세상으로 다시 돌아갑니다. 여러분 중에 누구든지 부끄러워하지 말고 나서서 말해주시오."

그때 한 사람이 입을 열었다.

"나는 연금술로 돈을 위조한 카포키오요."

그렇게 차례로 단테 앞에 나타난 사람들은 모두 위조범 같은 사기꾼들만 모여 있었다. 단테는 그들의 얘기를 다 들을 수가 없었다. 두 사람은 종기병과 문둥병 환자들의 얘기를 들은 다음 마침내 지옥 중에서도 가장 깊은 지옥으로 갔다. 그곳에 도착하자마자 귀청이 찢어질 듯한 피리 소리가 들려 왔다. 탑 위에서 들리는 소리였는데 탑은 마치 몬테레지오지 성처럼 느껴졌다.

"스승님, 탑 같아 보이는데 여긴 어디죠?"

"멀리 어두운 곳이어서 탑처럼 보이지만 실은 탑이 아니다. 가까이 가면 알게 되네."

그들은 그곳을 향해 걸어갔다.

"도착하기 전에 미리 말해두겠네. 저건 탑이 아니라 키다리 거인이네. 저 사람들은 너무 잘난 체를 해서 무슨 일이든 자기들이 아니면 안 되는 줄 알고 힘과 능력을 뽐내고 하느님에게조차 반역을 꾀한 자들이네. 저들은 배꼽 아랫부분을 지옥의 구렁텅이 속에 감추고 있다네."

단테가 그 말을 듣는 동안 가까운 곳에 이르렀다. 단테는 어두운 곳을 통해서 겨우 그 거인들을 볼 수가 있었다. 네덜란드의 북쪽에 살고 있는 키가 크기로 유명한, 프리지아 사람 세 명의 키를 합쳐도 모자랄 만큼 큰 사나이가 외투를 걸친 채 온몸이 쇠사슬로 결박되어 있었다.

"라펠 마이 마에구 쓰아비 아루미."

그들은 이처럼 사람들이 잘 알아듣지 못하는 말을 써서 사람들을 혼란에 빠뜨렸던 키다리 니므로테가 외치는 소리도 들렸다.

피터 브뢰겔의 바벨탑.

비르질리오가 니므로테에게 말했다.

"여보게, 일이 잘 안되면 각피리를 부는 게 어때?"

키다리 니므로테는 세상에서 처음으로 흙을 구워 유명한 바벨탑을 만든 것으로 알려져 있다. 그는 바벨탑을 통해 하느님의 능력에 도전했으며 세상을 혼란시킨 장본인이다. 단테와 비르질리오는 왼쪽으로 돌자 니므로테보다 더 큰 키다리를 보았다. 그 키다리 역시 쇠사슬로 온몸이 결박되어 있었다. 비르질리오가 말했다.

"여기 이 자는 세상 살 때 너무 뽐내고 자만했던 탓으로 거인들을 우레로 멸명시켰던 조베가 천둥의 화살로 사로잡았다네. 이 자는 바다의 신 네뚜노의 아들 피알테라고 하네. 피알테는 산에 산을 겹쳐서 하늘까지 닿으려고 시도했지만 지금은 저렇게 결박당한 신세가 되었다네."

두 사람이 어두운 길을 왼쪽으로 꺾어들자 벼랑 옆에서 또 하나의 거인이 웅크리고 있었다. 그는 네뚜노 신과 땅 사이에서 출생한 아들로 강력한 거인이다. 그는 자신의 어머니인 대지에 닿고 있는 한 힘을 마음대로 발휘할 수가 있다.

단테는 비르질리오의 말을 듣고 나서야 그 거인이 안테오라는 것을 알았다. 그는 하느님을 반역하는 무리들에 가담하지 않았기 때문에 지금은 쇠사슬에 묶여있지 않았다. 비르질리오가 안테오와 말을 하고 있는 동안 피알테가 갑자기 발광을 하며 몸부림을 쳤다. 주위가 마치 지진처럼 흔들렸다. 단테는 무서웠다. 만일 피알테가 사슬에 묶여있지 않았다면 상황은 달랐을 것이다. 그 울림은 아주 컸지만 비르질리오는 교묘하게 안테오의 손바닥 위에 올라가 있었다.,

"단테야, 어서 이 손 위로 오르게."

단테는 부들부들 떨면서 간신히 그 손 위로 올라갔다. 그러자 안테오는 몸을 웅크려 두 사람을 깊은 골짜기 아래로 내려주었다. 단테는 마치 승강기를 타고 내릴 때처럼 가뿐히 유다와 루치페로가 있는 지옥의 마지막 계곡에 닿았다.

지옥의 마지막 계곡 코지토의 연못

단테와 비르질리오 두 사람은 안테오의 발밑으로 더 내려갔다.

"조심해서 가시오. 그대들의 형제를 밟거나 차지 않도록…."

어디선지 이런 말이 들렸다. 단테가 조심스럽게 내려갔을 때 한 번도 얼음이 풀린 적이 없었다는 코지토의 연못이 나타났다. 코지토는 유리 같은 호수로 크레타 섬의 거인들이 흘린 눈물이 지옥으로 흘러들어와 지옥의 모든 냇물을 이루고 그 밑바닥은 얼음의 못이 된 것이다. 여기서 얼음은 배신자의 냉혹한 정신을 뜻한다.

이곳은 특별한 죄인들만 모아놓고 가장 무거운 형벌을 내리는 곳이었다. 어느 연못도 여기처럼 추운 곳은 없다. 이곳의 추위는 너무 혹독해서 이곳에 온 자들은 모두 양쪽 귀가 떨어져나갔고, 얼굴은 모두 납 빛깔을 하고 이를 덜덜 떨고 있었다.

연못은 넷으로 나누어져 있는데, 각 연못마다 세상에서 지은 죄에 따라 구별되어 있었다. 그 중 바깥쪽 제1구는 부모형제 같은 가족이나 친척들을 욕보였거나 죽인 자들이 있는 곳인데, 질투하여 동생 아벨을 죽인 인류 최초의 살인자 카인이 있는 그곳은 그 때문에 '카이나' 라는 이름이 붙었다.

제2구에는 트로이의 장군 안떼노라가 있다. 호머의 시 일리어드에 보면 그는 지략과 웅변이 뛰어났지만 적군에 협력하여 불빛을 신호로 목마를 열게 한 매국노였다. 그곳에는 또한 백작 우골리노가 있었다. 그는 피사의 귀족으로 궬휘당원이었다. 해전에서 패배한 후에 피사의 장관으로 선출되었다가 궬휘당이 분열되어 세력이 약해지자 기벨리니 당수였던 록지에리 대주교가 그의 죄를 규탄하면서 싸움이 벌어져 궬휘당이 패배한 후 우골리노는 그의 두 아들과 두 손자와 함께 포로가 되어 탑 속에 유폐된 채 굶어 죽은 인물이었다.

제3구에는 유대의 음흉한 장군 똘로메아와 친구의 신의를 배반한 자들이 있었다. 똘로메아는 본래 유대 젤리코 수장의 이름이다. 그는 친아버지이자 사제장이었던 시모네 마카베이와 그의 두 아들을 성으로 초대하여 술을 먹인 후 살해했다.

중간에 있는 제4구 쥬덱까에는 은혜를 베푼 사람을 팔아먹은 자, 전능하신 하느님을 배반한 유다와 지옥의 왕자인 루치페로가 큰 박쥐가 되어 노려보고 있었다. 그곳에는 추위로 안색이 개처럼 변한 1천여 명의 무리들이 신음소리를 내고 있었다. 단테는 그들 사이를 빠져나오면서 끝내 한 사람의 머리를 걷어차게 되었다. 그는 피렌체의 역적 보까였다. 보까는 이제는 살았을 때의 행적을 부끄럽게 여기고 있었다.

바로 그때 비르질리오가 단테를 향해 외쳤다.

"단테! 지옥의 왕자 루치페로가 나타났네. 저걸 보게….."

단테의 눈앞에는 유리 같은 코지토 연못에 누워있는 자도 있었고, 머리가 발에 와 닿을 듯 활처럼 등이 굽은 자들도 있었다. 단테는 그들을 보자

시저(왼쪽)와 브루투스.

자신이 살아있는지 죽었는지도 구별이 안 되었다. 먼 옛날 그처럼 아름다웠던 루치페로가 하느님을 배반한 후에는 흉측한 얼굴로 거인보다 큰 박쥐 형상으로 지옥의 왕자가 되어 뻐기고 있었다.

그는 죽음의 바다 한가운데서 크고 검은 날개를 흔들고 있었다. 그때 추운 바람이 코지토 연못을 꽁꽁 얼려버려서 한 줄기 금도 보이지 않았다. 단테가 자세히 보니 루치페로의 몰골은 셋이었다. 하나는 붉은 빛이었고, 둘은 어깨 좌우로 각기 누렇고 검은 빛깔이었는데, 세 개의 턱에는 피의 눈물이 침처럼 흘러 얼어붙었고, 세 빛의 주둥이는 각각 죄인들을 물어뜯고 있었다.

붉은 몰골을 한 자는 스승이자 구세주 예수 그리스도를 팔아먹은 이스카리오데 유다였고, 좌우에 있는 두 사람은 로마 제국을 세운 영웅 시저를 죽인 브루투스와 카시오였다. 단테는 이 세상이 로마교회와 로마제국에 의해서 통치되어야 한다고 생각하고 있었다.

교황의 통치는 내세의 영적 통치를 의미하고, 로마제국은 현재의 속세의 통치를 의미한다. 따라서 교황과 황제가 그 관할권 내에서 두 절대 권력이 서로 이끌어주면서 신에게서 받은 사명과 책임을 다 해야 한다고 믿었다. 그렇게 해서 세상은 천상의 낙원과 지상의 낙원이 이루어질 수가 있다.

그런데 신의 권력을 위임받은 교황권의 중심인 예수 그리스도를 배반한 유다는 신의 섭리를 거슬린 죄를 저질렀으며, 지상의 최고 권력자인 시저를 해친 브루투스 또한 지옥의 가장 밑바닥에서 형벌을 받는 것이 마땅하다는 생각이다.

그때 비르질리오가 단테에게 말했다.

"이제 4월 9일 저녁이다. 우린 지옥의 모두를 순례했으니 빨리 돌아가야 한다."

그는 단테를 바위 가장자리에 앉히고 잘 붙들도록 했다.

"스승님, 제가 더 이상 헤매지 않도록 잘 안내해주십시오."

"우린 지금 지옥의 밑바닥을 지나 지구 한 가운데를 통과해서 루치페로가 있던 쥬텍까 반대쪽으로 나가고 있네."

단테는 비르질리오의 뒤를 따라갔다. 그곳은 캄캄한 바다 밑이었다. 오랜 시간이 걸려 간신히 그곳을 빠져나와서 마침내 구멍 하나를 통과하니 멀리 아름다운 별이 보였다. 단테는 그때서야 안도의 숨을 내쉬었다.

LA
DIVINA
COMMEDIA

천국 편

제2부 **연옥 편**

지옥 편

연옥의 문지기 카토

4월 8일 성 금요일에 스승 비르질리오의 안내를 받아 지옥의 체험여행을 끝내고 단테는 토요일 저녁이 되어서야 겨우 긴 터널에서 벗어나 제3일째 되는 일요일 아침에 새벽별이 빛나는 언덕에 도착했다. 지옥에서 연옥의 맑은 대기로 빠져나온 것이다.

사랑을 안내하는 아름다운 샛별이 동쪽 하늘에 떠 있었다. 그곳에서 꽤 멀리 높은 곳에 연옥의 정죄산淨罪山이 있었다. 단테가 서 있는 바로 옆은 넓은 바다였다. 마침 그날은 예수 그리스도가 부활한 날이었다. 단테 역시 무서운 암흑의 세계에서 벗어나 세상의 공기를 마시자 다시 살아난 기분이었다.

단테는 앞으로는 지옥의 끔찍한 귀신들에게 쫓겨 다니지 않고 보다 즐거운 여행을 하고 싶었다. 그래서인지 전망이 좋은 산을 향해 오르면서 새삼 지옥의 절벽이 생각났다. 산은 위험하진 않았으나 연옥의 문을 찾아내는 데는 여러 절벽을 기어올라야 했다.

그리고 연옥의 문을 지나서도 7개의 관문을 통과해야 했다. 더구나 회개의 산은 상당히 길이 험악하고 멀었다. 물론 지옥에서처럼 귀신이나 괴물이 나타나지는 않았다. 그렇다고 쉽게 오를 수 있는 산은 아니었다.

루카 시뇨렐리의 '연옥의 문에 다다른 단테'.

그 길은 알려준 대로 가지 않으면 추락할 수밖에 없다. 일곱 갈래의 길마다 이름이 달랐다. 하지만 옳은 길로 가려는 의지를 가진 사람이면 걱정할 필요가 없었다. 단테와 비르질리오가 밝은 세상으로 나와 잠시 숨을 돌리면서 정죄산을 바라보고 있을 때 그들 앞에 자못 위엄을 갖춘 점잖은 노인 한 분이 나타났다. 노인의 긴 수염에는 희끗거리는 백발이 섞여 있었고, 머리털도 반백이었다. 수염은 가슴까지 내려와 두 갈래로 드리워져 있었다. 노인이 수염을 만지작거리면서 입을 열었다.

"당신들은 뉘시오. 혹시 지옥에서 도망쳐 나온 사람들 아니오?"

그러자 비르질리오가 나서서 말했다.

"제가 말씀드리죠. 우리들이 여기 온 것은 성모 마리아의 부탁을 받은 베아트리체가 하늘에서 내려와 저에게 단테를 안내하도록 하여서입니다. 단테는 아직 살아있는 사람이오. 물론 몇 차례 죽음의 위기를 맞긴 했지만 제가 이 사람을 구하도록 명령을 받았습니다. 저는 지금까지 단테와 함께 지옥 순례를 마치고 돌아왔습니다만, 앞으로는 자신의 죄를 회개하고 몸을 정결히 하고 있는 연옥 사람들의 모습을 보고 싶습니다. 저희들은 지옥에서 달아난 것이 아니니 걱정하지 마십시오. 당신께서는 자유를 위해 자살한 분이시니 당신 못지않게 자유를 갈망하고 있는 단테의 마음을 잘 아실 것입니다. 단테는 하느님의 뜻을 거스르지 않았으며 지옥의 미노스의 재판을 받지도 않았습니다."

수염을 기른 그 노인은 세상에 살 때 자유를 추구하다가 자살한 로마의 철학자 카토였다. 그는 기원전 95년에서 46년까지 살았던 스토아파 철학의 대가로, 자유를 부르짖으며 시저에 대항하여 싸우다 패배하자 자살했다. 그는 플라톤의 영혼불멸설을 믿었던 자유의 수호자로서 이곳 연옥에서는 정죄산의 문지기가 되었다.

(카토는 자살을 했기 때문에 제7의 지옥에 떨어져야 했지만 많은 사람들이 그를 깊이 존경하고 있었고, 비르질리오 역시 아에네이스 시에서 그를 찬미했으며, 단테 역시 카토에 대한 존경심이 높았다.)

그러자 카토가 입을 열었다.

"당신들이 베아트리체의 특사라는 말이죠. 그렇다면 산에 오르기 전에 갈대를 허리에 둘러매고 가시오. 그리고 산에 오르기 전에 몸을 깨끗이 닦고 가시오. 당신들의 몸에는 아직도 불결한 지옥의 냄새가 배어있기 때문이오. 당신들이 천사 앞에 나가려면 정결한 몸을 갖추어야 합니다. 저기 물가에 갈대가 있소. 일단 그곳에 가면 되돌아오지 않도록 하시오. 마침 해가 떠올라 당신들이 헤매지 않도록 길을 밝혀줄 것입니다."

카토는 말을 마치자 어딘가로 사라지고 말았다. 비르질리오는 단테를 불러 해변으로 내려갔다. 주위는 너무 조용했다. 그들은 카토의 말대로 갈대 몇 대를 꺾었다. 놀랍게도 그들이 갈대를 꺾은 자리에는 다시 갈대가 돋아났다. 갈대는 죄를 씻는데 가장 중요한 덕인 겸손을 상징하는 식물이다.

잠시 후에 아침 해가 수평선을 벗어나자 새하얀 물체 하나가 나타났다. 돛배와는 비교도 안 될 정도로 속력이 빨랐다. 분명 돛배는 아니고 날개가 달려있었다. 비르질리오는 단테에게 조용히 말했다.

"단테야, 무릎을 꿇고 기도를 드리는 게 좋겠다. 저렇게 돛 없이 날개로 달리는 것을 보면 천사가 아니겠느냐."

그들이 경건히 기다리고 있을 때 천사가 해안에서 가까이 다가왔다. 두 사람은 눈이 부셔 앞을 바라볼 수가 없어서 눈을 감은 채 머리를 숙이고 열심히 기도를 드렸다. 이윽고 천사와 함께 온 1백여 명의 사람들이 시편 114장을 함께 외우고 있었다.

시편 114장의 노래는 이스라엘 민족이 이집트의 노예 생활에서 벗어나 해방된 것처럼 죽은 자들의 영혼이 연옥의 산에 올라가 점차 천국의 길목에 가까워질 때마다 부르는 노래이다. 노래가 끝나자 천사는 성호를 긋고 그들과 헤어져 빠르게 멀리 사라졌다. 언덕에 남아있는 1백여 명의 사람들은 방금 연옥에 도착한 영혼들이었다. 그들은 이상한 눈으로 주위를 두리번거리다가 두 사람을 보자 물었다.

"여보세요. 정죄산으로 가는 길을 알려주시겠소?"

"우리도 조금 전에 여기에 도착했습니다."

그때 무리 중의 한 사람이 단테가 숨을 몰아쉬고 있는 모습을 보고 놀라며 외쳤다.

"아니! 저 사람은 아직도 숨을 쉬고 있네. 살아있는 사람이오?"

그들은 순식간에 단테 주위로 몰려들었다. 살아있는 사람이 연옥에 왔다면 자기들에게 무언가 도움이 될 것이라고 생각했던 것 같았다. 그들 중에 한 사람이 다른 사람을 밀치고 단테 앞으로 다가왔다.

"아니! 자넨 단테가 아닌가?"

그가 너무 반가워서 단테를 껴안으려고 했지만 세 번씩이나 그의 팔이

허공을 휘저었을 뿐 단테를 껴안을 수가 없었다. 죽은 영혼이 산 사람을 껴안을 수는 없다. 그는 세상에 살 때에 단테와 아주 친했던 피렌체의 유명한 음악가 카셀라로 단테의 시를 여러 편 작곡했으나 오래 전에 죽었다.

"난 세상에 살 때 자네를 그토록 좋아하지 않았는가. 지금도 그 마음은 변함이 없네. 난 다시 세상으로 되돌아갈 수 없는 처지가 되었네만 자네가 웬일로 여기에 있는가?"

"자네, 까셀라가 아닌가. 난 늘 천국에 가는 영혼들 사이에 끼고 싶었네만 지금은 이곳을 미리 여행할 수 있는 기회를 얻었네. 헌데 까셀라, 자넨 아주 오래 전에 세상을 떠났는데 여긴 참으로 늦게 왔군. 난 이미 지옥을 순례한 후에 여길 왔네. 그래서 무척 피곤한 형편이네. 만일 연옥의 규칙에 어긋나지 않는다면 자네가 세상에서 날 위해 작곡한 노래 하나를 불러줄 수 있겠나?"

그러자 까셀라는 너무 기뻐서 단테를 위해 노래를 부르기 시작했다.

"내 마음 속에, 나와 속삭이는 사람 있네…"

비르질리오도 노래를 들으며 기뻐했다. 그러자 아까 흰 수염의 카토가 세 사람 앞에 다시 나타나서 말했다.

"자네들은 왜 이렇게 게으름을 피우며 꾸물거리는가. 어서 산에 올라 땀 흘려 몸을 말끔하게 해야 하지 않겠나."

카토의 큰 소리에 세 사람은 당황해서 걷기 시작했다.

연옥의 문 앞에서 서성거리는 영혼들

단테와 비르질리오 두 사람은 빠른 걸음으로 산을 향해 걸었다. 단테는 비르질리오의 뒤를 바짝 쫓았다. 붉게 솟아오른 해 때문에 단테의 그림자가 더욱 짙어졌다. 단테는 걷다가 그림자가 하나 밖에 없는 것을 보고 비르질리오를 놓친 줄 알고 깜짝 놀랐다. 그러자 그가 말했다.

"내가 자네 곁에 바짝 붙어있으니까 걱정 말게. 난 죽은 몸이니 육체의 그림자는 없네만 영혼의 그림자는 자네 곁에서 길 안내를 하고 있지 않는가. 내 그림자가 있었던 지상의 시간은 석양이었네."

비르질리오는 그 말을 한 후에 깊은 한숨을 내쉬었다. 자신은 살아있을 때 영세도 받지 않았으며, 지금은 지옥 림보에 있는 몸이라는 생각이 들자 괴로웠던 것이다. 연옥의 오전 6시는 그 정반대에 위치한 예루살렘의 오후 6시가 된다. 비르질리오는 기원전 19년 9월 26일 그리스에서 돌아오는 길에 브란디시오에서 병으로 죽었다. 황제 옥타비아누스 아우구스투스는 그의 유언에 따라 유해를 나폴리로 옮겨 성대한 장례식을 치러 주었다.

비르질리오는 그때 고개를 숙이고 자신은 아리스토텔레스와 플라톤과 함께 지옥 림보에 머물러 있다는 생각을 하고 잠시 통곡을 한 것이다. 그로 인해 두 사람은 숙연해져서 입을 다문 채 산기슭에 도착했다.

그곳은 연옥의 성산 아래였다. 산은 그리 험하지 않았지만 높은 바위가 많아서 오를 수 없었다. 그때 그들 왼쪽으로 양떼처럼 다가오는 무리들이 있었다. 그들은 살아있을 때 파문을 당한 영혼들이었다. 비르질리오가 그들에게 물었다.

"산에 오르는 길을 좀 가르쳐 주시겠소?"

그들은 단테에게 가까이 왔다가 단테의 그림자가 바위에 비치는 것을 보고 깜짝 놀랐다. 연옥에 온 사람이 그림자를 갖고 있다니? 그러자 비르질리오가 그들에게 미리 말했다.

"이 분은 산 사람이오. 하느님의 초대를 받아 지금 연옥을 순례하고 있는 중입니다."

그러자 연옥의 영혼들은 그때서야 안심한 듯 길을 일러주었다. 바로 그때 무리들 중에서 누군가가 단테에게 말을 걸었다.

"당신은 전에 나를 본 적이 있죠?"

단테가 돌아보니 금빛 머리를 가진 남자였다. 그는 가슴에 성호를 그으며 자기 가슴에 난 상처를 보여주면서 웃었다.

"나는 황제 엘리코 6세와 황후 콘스탄사의 손자 만프레디오. 나는 방탕한 생활을 했다는 이유로 교황으로부터 파문을 당한 후 전쟁터에서 죽었는데, 교황 클레멘스 4세가 내 시체를 파내어 뷔르떼 강에 내던졌습니다. 그런데 내 시체는 앙주 공에게 발견되어 베네벤토 다리 밑에 겨우 묻히게 되었습니다. 하지만 나는 죽기 직전에 하느님께 죄를 뉘우치고 용서를 받아 지옥 벌을 면하고 연옥에 가는 무리들 속에 끼어들었습니다. 교황으로부터 파문을 받은 사람은 죽는 순간 용서를 받아도 세상에서 살았던 햇수보다 30배의 고행을 당해내야 한다고 들었습니다만 저는 운이 좋았던 거지요. 그러니 당신께서 세상으로 돌아가면 제 딸을 만나서 내가 지금 지옥이 아니라 연옥에 있다는 것을 알려주고, 나를 위해 기도를 하도록 부탁해주시오. 그래야만 내가 연옥의 생활을 단축하고 천국으로 갈 수 있다고 말입니다.”

단테는 만프레디의 말을 듣고 연옥의 고통이 어떤 것인가를 깨달을 수 있었다. 단테는 9시 반쯤이 되어서야 겨우 바위 위로 올라섰다. 거기서부터는 손발로 기어 올라가야 하는 험악한 산이었다. 단테는 그곳을 기어오르면서 비르질리오에게 이런 험한 산을 꼭 올라가야 하느냐고 불평을 터뜨렸다.

그러자 스승은 반드시 그래야만 한다며 단호하게 말을 잘랐다. 정상은 까마득해서 보이지도 않았다.

정죄산은 험악했지만 일단 회개를 하고 올라가면 정상까지는 그리 힘들지 않다. 높은 절벽을 타고 겨우 올라간 단테는 비르질리오에게 매달리듯 말했다.

“스승님께서 여기에서 잠시 쉬지 아니하시면 도저히 못 따라갈 것 같습니다.”

“이 산은 처음에는 어렵지만 일단 오르면 점차 쉬워지네. 고생 끝에 낙이 온다는 말이 여기에 해당되는 말이네.”

바로 그때 어디선가 외치는 소리가 들렸다.

“그렇게 애써 올라가봤자 헛일이오.”

그들이 왼쪽 바위를 보니 바위 그늘에는 죽기 전에 회개하지 않았던 게으른 자들의 무리가 모여서 쉬고 있었다. 단테가 그들을 보고 혼잣말처럼 말했다.

“하느님, 저들을 보십시오. 저들은 들토끼보다 더 게으른 자들입니다.”

그들 중에 하나가 소리쳤다.

“그렇게 기운이 좋으면 어서 빨리 오르시오.”

단테는 어디서 많이 듣던 목소리였다. 그는 바로 벨락구아였다. 그는 피렌체에서 악기를 만들던 게으름뱅이였다.

“벨락구아, 자네였군. 자넨 지금 게으름을 피우고 있는가 안내자를 기다리고 있는가?”

그러자 벨락구아가 말했다.

“천사가 나를 연옥의 산에 오르지 못하게 하고 있네. 난 죽기 전에 내 게으른 버릇을 고치지 못해서 이렇게 연옥의 문밖에서 기다리고 있는 걸세. 세상에 살아있는 사람들 중에서 누가 나를 위해 기도해주지 않은 한, 천사가 나를 데리러 오지 않는다네….”

단테는 그의 태연한 하소연에 놀랐다. 그러자 바로 옆에서 “주여, 저들을 불쌍히 여기소서” 하고 기도를 하면서 앞을 가로질러 가는 사람들이 있었다. 그들은 대부분 시인들이었는데 몸은 산을 타고 오르지만 영혼은 산기슭에 맴돌고 있었다. 그들 중에 두 사람이 단테에게 달려와서 물었다.

“도대체 당신은 누군데 살아있는 몸으로 이곳에 왔습니까?”

그러자 비르질리오가 나서서 말했다.

"궁금해서 알려고 왔다면 살아있는 이 분에게 예의를 갖추고 어서 가서 자네들이 본 사실을 얘기하게나."

그 순간 기도하던 사람들이 떼를 지어 단테 앞으로 몰려들었다.

"살아있는 분이여! 잠시 우리말을 들어주시오. 우리들 중에 당신이 누군지 아는 사람들도 많습니다. 세상에 돌아가시면 사람들에게 우리를 여기서 만났다는 말을 전해주시오. 우리는 너무 갑자기 죽는 바람에 너무 급하게 회개를 한 사람들이오."

"세상 사람들에게 무슨 말을 전하라는 것이오?"

단테가 묻자 한 사람이 급히 나섰다.

"나는 화노 사람으로 에스띠 사람들의 미움을 받아 늪에서 암살당했습니다. 그래서 지금 여기 와서 고통을 당하고 있습니다. 아무쪼록 세상에 나가시면 제가 연옥의 정죄산에 올라갈 수 있도록 화노 사람들에게 기도를 부탁드린다는 말을 꼭 전해주시오."

그는 화노의 궬휘당의 실력자 카세로였다. 볼로냐에서 장관이 되었을 때 에스띠가의 원한을 사서 암살된 사람이다. 그의 말이 끝나자 또 한 사람이 단테 앞으로 뛰어 나왔다.

"나는 몬테펠트로의 부오꼰떼입니다. 나는 깜팔디노 전쟁터에서 목이 잘려 쓰러졌습니다. 나는 죽는 순간 성모 마리아에게 도움을 청했습니다. 그때 하늘에서 천사가 내려와 내 영혼을 거두려고 했습니다만 그와 동시에 찾아온 악마가 말하기를 '네가 죽을 때 흘린 단 한 방울의 회개 눈물로 지옥 벌은 면하겠지만 영원한 구원을 받을 수 없다’ 고 말하고는 내 시체를 아르노 계곡의 강에 던져버렸습니다. 단테여, 당신도 피렌체의 기병으로 그 전쟁에서 싸우지 않았소? 아무쪼록 세상에 돌아가면 나를 위해 기도해주도록 사람들에게 부탁드립니다.”

단테는 그 말을 듣고 마음이 아팠으나 그곳 사람들은 이처럼 갑자기 죽음을 당하여 충분히 회개를 못했기 때문에 지옥 벌은 면했으나 연옥에 온 영혼들이었다. 단테는 너무 많은 사람들로부터 기도 부탁을 받고 이해를 할 수가 없었다. 도대체 살아있는 사람들의 기도로 죽은 연옥 영혼들의 고통이 단축된다는 것을 알 수가 없었다. 단테는 비르질리오에게 물었다.

“스승님, 스승님의 시 아에네이스 노래를 보면 ‘인간이 기도를 통해서 하느님이 정하신 일을 바꾸려고 하는 것은 어리석은 일이다’ 라는 구절이 있습니다. 그런데 저 사람들은 왜 제게 그런 부탁을 하는 것입니까?”

“나는 시 아에네이스에서 살아있는 사람들이 아무리 열심히 기도를 해도 하느님의 율법을 바꿀 수는 없지만 단지 하느님께 죄의 용서를 간청할 뿐이라고 썼네. 나의 시에는 아에네이스가 지옥에 내려가 바다에 빠져죽은 파리누루스를 만나는 장면이 나오네. 스띠제 강에 빠진 파리누루스가 아에네이스의 길 안내자 시빌라에게 자기를 강에서 구해주기를 청했지만 그는 거절하면서 ‘기도로써 하느님이 정하신 것을 바꿀 수 없으니 바라지 말라’ 고 거절한 대목이 그것이지. 하느님이 지옥에 보낸 영혼은 우리가 기도로 구원할 수가 없다는 뜻이지. 지옥과 연옥이 다른 것은 사실이네. 연옥의 영혼들이 살아있는 자들의 기도를 그토록 간절히 원하는 것은 그 이유 때문이 아니겠

나. 나도 그 이유는 확실히 알 수 없으니 천국을 순례할 때 베아트리체를
만나면 물어보게."
　비르질리오의 말에 단테는 고개를 끄덕였다.

왕들의 계곡

그들은 다시 길을 걷기 시작했다. 얼마쯤 걸어가니 저쪽 앞에서 사자처럼 몸을 웅크린 채 그들을 노려보는 사람이 있었다. 비르질리오가 그에게 길을 물었으나 그는 대답하지 않고 도리어 그들에게 물었다.

"너희들은 어디서 왔느냐?"

비르질리오가 만토바에서 왔다고 말하자 그는 몸을 벌떡 일으키면서 말했다.

"나도 만토바 사람이오. 반갑습니다. 제 이름은 소르델로입니다."

소르델로는 만토바의 고이토에서 출생하여 각지에서 방랑생활을 하다가 무관 사를르 당쥬와 함께 이탈리아 침공 전쟁에 참가한 시인이다. 비르질리오는 부드럽게 대답했다.

"만토바에서 왔다구요? 아무튼 반갑습니다. 나는 예수가 태어나기 19년 전에 그리스에서 돌아온 후 병을 얻어 죽었습니다. 나폴리의 황제 옥타비아누스가 제 장례식을 치러주었지요."

"그럼 이름이 뭐요?"

"저는 시를 쓰던 비르질리오입니다."

그러자 소르델로는 깜짝 놀랐다.

"비르질리오! 선생이야말로 라티오 사람들이 가장 큰 명예로 여기는 분이 아니십니까. 선생님의 힘으로 라틴어가 완벽하게 완성되었지요. 선생님을 이런 곳에서 만나다니 정말 반갑습니다. 헌데 선생님은 지금 지옥에서 오시는 길인가요?"

"나는 지옥의 순례를 마치고 이곳에 도착했습니다. 나는 하느님의 초청을 받아 여기에 왔지만 살아있을 때 내가 무슨 잘못을 저질렀는지는 아직 잘 모르고 있소. 내가 지상의 삶을 끝낸 시기는 예수가 탄생하기 이전이서서 예수가 탄생한 후에 인간의 삶에서 무엇이 중요한 일이 되었는지 나는 알 수가 없습니다. 그래서 나는 최후의 심판 날이 올 때까지 지옥의 림보에 머물러 있었던 것이오. 이곳은 초행길이니 연옥의 정죄산으로 가는 길을 일러줄 수 있겠소?"

"아아, 그렇군요. 그럼 제가 여기서 안내할 수 있는 곳까지는 모시겠습니다. 하지만 지금은 해가 서쪽으로 기울어 있습니다. 해가 저물면 어두워서 갈 수가 없으니 근처 어디서 쉴 곳을 찾으십시오. 저쪽 좀 떨어진 곳으로 가시면 몇 사람을 만날 수 있을 것입니다. 아마 선생님도 그들을 만나면 기뻐하실 겁니다."

"이곳은 어두워지면 걷기가 어렵습니까?"

"밤이 되면 정죄산은 갈 수가 없습니다."

그들은 갈 수 있는 데까지만 가기로 하고 걷기 시작했다. 그들은 소르델로의 뒤를 바짝 따라갔다. 잠시 후에 세 사람은 골짜기에 도착했다. 골짜기 아래로 가는 길은 미끄럽고 좁고 험했지만 경치는 장관이었다. 큰 나무들이며 아름다운 꽃들이 여기저기 피어서 향내를 풍기고 있었다. 그곳에는 죽기 전에 자기 죄를 뉘우치지 않은 사람들이 풀 위에 앉아서 성모 마리아에게 바치는 라틴어 성가를 부르고 있었다.

이곳은 다른 곳과 달리 세상 살 때의 지위에 따라 자리가 나뉘어져 있었다. 골짜기의 위쪽에 있는 사람들은 살아있을 때 왕이었던 자들로 그곳을 군왕의 계곡이라고 불렀다. 그 중에 가장 높은 곳에 앉아있는 사람이 루돌프 황제였다. 그는 황제 시절에 황제로서의 직분을 충실히 수행하지 않았기 때문에 이곳에 와 있었다. 황제 루돌프는 이곳에 온 후로는 하느님 일 이외에는 아무 것도 생각하지 않고 기도하는 사람이 되어 있었다. 그곳에는 성가가 울려 퍼지고 있었는데 성가의 제목은 '빛이 꺼지기 전에' 였다.

단테는 그들의 노래가 끝날 때까지 지켜보았다. 그들은 모두 하늘을 우러르며 성가를 부르고 있었는데 그들 모습은 매우 경건했으며, 자기들의 합창소리가 하느님께 이르기를 진심으로 갈망하고 있었다. 그러자 잠시 후에 아름다운 천사 둘이 불타는 칼을 들고 나타났다. 그들이 천사를 맞이했다. 천사 한 사람이 단테가 서 있는 곳으로 날아왔고, 또 한 천사는 골짜기 아래층에 머물렀다.

단테는 천사의 머리칼이 눈부신 금발이라는 것을 알았다. 그때 소르델로가 말했다.

"두 천사는 성모 마리아가 보냈습니다. 저들은 이 골짜기에 가끔씩 나타나는 악마의 뱀을 처치하기 위해 온 것입니다."

그들은 소르델로의 안내를 받아 왕과 귀족들이 몰려 살고 있는 곳으로 갔다. 그 중에 한 사람이 단테를 향해 물었다.

"당신은 누굽니까. 여긴 언제 왔지요?"

"나는 지옥의 순례를 마치고 오늘 아침에 이곳에 도착했습니다. 나는 아직 세상에 살아있는 몸이지만 사후에 영혼이 머무는 곳을 보기 위해 온 것입니다."

그러자 그가 깜짝 놀라 말했다.

"꾸를라도군, 이리로 와 보게. 여기 하느님의 초청을 받아 이곳을 순례하는 사람이 와 있다네….."

꾸르라도는 피렌체의 궬휘당 당원으로 활약하다가 6년 전에 죽었다. 그러자 많은 사람들이 단테를 에워싸고 설전이 벌어졌다. 그들은 살아있을 때의 옳고 그름에 대해서 화를 내고 분노를 터뜨리기도 했다. 그러자 소르델로의 말투가 갑자기 험하게 바뀌었다.

"자아, 여보게들, 잘 보게. 여기 우리의 적이 와 있네."

그의 말이 끝나자 갑자기 골짜기의 풀 속에서 수많은 뱀들이 눈빛을 번쩍거리며 넘실넘실 단테를 향해 달려들기 시작했다. 위기의 순간이 닥치자 어디선가 천사의 날개소리가 울리며 마치 바람을 갈라놓는 소리가 들려왔다. 그러자 뱀들이 소스라치게 놀라서 눈 깜짝 할 사이에 풀 속으로 자취를 감추어버렸다.

이마에서 번쩍거리는 일곱 개의 별

단테는 해가 진 후에 하루의 피로를 풀기 위해 풀을 베게 삼아 계곡에 누워 잠을 청했다. 그날 밤 새벽에 단테는 이상한 꿈을 꾸었다. 황금빛 날개를 가진 독수리 한 마리가 중천에 나타나 당장 덮치기라도 할 듯 내려오려고 도사리는 것이 보였다. 그때 단테는 마치 가니메데스가 신들의 모임 때문에 납치되어 친구들을 남겨 놓고 천상으로 올라간 바로 그 산 위에 서 있는 듯한 기분이었다. 미소년 가니메데스가 니다 산 위에서 사냥을 하고 있을 때 제우스가 독수리를 시켜 그를 채어오게 해 천상의 신들에게 술을 따르게 했었다. 단테는 생각했다. 저 독수리가 이곳에 나타난 것은 습관 때문이리라. 독수리는 딴 데서는 먹이를 낚아채어 솟구쳐 오르지 않을 것이다. 하지만 잠시 독수리는 하늘을 빙빙 돌더니 벼락같이 무서운 기세로 떨어져 내려와 단테를 움켜잡고 불의 하늘 가까이 날아올랐다. 순간 단테는 독수리와 함께 불길에 타 죽는 줄로 알았다. 잠에서 깬 것은 바로 그때였다.

단테가 눈을 떴을 때는 전에 본 적이 없는 깊은 산속이었다. 그곳에는 비르질리오 외에는 아무도 보이지 않았다. '분명 골짜기에서 풀 베개를 베고 잠들었는데 왜 이런 곳에 누워있을까' 단테는 기이한 생각이 들었다. 단테가 잠든 사이에 해가 높이 떠서 이미 나흘째로, 부활절인 4월 11일 월요일 8시가 지났다. 비르질리오는 단테가 깨어나 어리둥절해 하는 것을 보고 말했다.

"놀라지 말게. 우린 지금 정죄산 중턱에 와 있네. 이제 곧 연옥의 문 앞에 도착할 것이네. 저쪽 바위가 갈라진 곳이 바로 정죄산의 입구라네. 좀더 설명해주겠네. 자네가 잠들어 있을 때 동틀 무렵쯤 성녀 루치아님께서 이곳에 오셨는데 다음에 오를

성녀 루치아.

절벽은 너무 높아서 살아있는 사람은 오르기 힘들 것이니 자넬 도와주러 오셨다고 하였네. 그래서 우리들은 소르델로와 작별하고 해가 뜨는 것을 기다려 자넬 여기까지 데려다 주셨네. 난 자네 뒤를 부지런히 따라왔지. 루치아 성녀께서는 우리를 정죄산 입구에 내려주고 곧 떠나셨네."

"아아, 그랬었군요."

단테는 그 말을 듣고 무척 기뻤다. 이어 단테는 비르질리오와 함께 험악한 산을 향해 올라갔다. 얼마쯤 가자 연옥의 문 입구가 나타났다. 문 앞에는 세 개의 바위가 겹쳐 있었고, 수문장이 칼을 들고 서 있었다. 단테는 수문장이 너무 무서워 쳐다볼 수가 없었다. 그러자 그가 그들을 보고 외쳤다.

"너희들은 어떤 놈들이냐!"

그때 비르질리오가 대답했다.

"성녀 루치아께서 우리를 이곳으로 데려다 주셨습니다."

그러자 그 말을 들은 수문장은 갑자기 목소리를 누그러뜨리고 말했다.

"성녀 루치아님께서 이곳 좁은 문을 알려주셨다면 어서 돌 위로 올라오시오."

마침내 두 사람은 3단으로 된 첫 번째 돌층계 위로 올라섰다. 돌계단 위는 번쩍번쩍 빛나는 거울 같은 흰 대리석이 깔려 있었다. 단테는 대리석 거울에 비친 자신의 모습을 보고 깜짝 놀랐다. 그 거울에는 자신의 겸손한 마음과 죄를 뉘우치는 마음과 양심까지 샅샅이 비쳤다.

두 번째 돌층계는 짙은 자색의 거친 돌들이 가로세로 놓여있었는데 갈라진 틈들이 있었다. 그 틈은 자신의 영혼이 아픈 죄로 깨어져 금이 가 있었는데, 그것은 고백을 뜻하였다. 그리고 세 번째 계단은 피처럼 붉은 바위로 만들어져 있었다. 그것은 사랑으로 인해 흘린 피를 뜻하며, 만족할 만한 보상을 다 치러야 한다는 뜻이었다. 금강석 돌 위에는 천사가 앉아서 사람들에게 진리를 전해주고 있었다.

비르질리오가 단테에게 정중히 무릎을 꿇고 천사에게 연옥의 자물쇠를 열어주도록 부탁을 올리라고 말했다. 단테는 세 번 가슴을 치면서 '제 말과 생각과 행동으로 죄를 짓지 않겠습니다' 고 말하면서 연옥의 자물쇠를 열어줄 것을 청했다.

그러자 천사가 번쩍거리는 칼로 단테의 이마에 일곱 개의 별을 그리면서 말했다. 일곱 개의 별이란 일곱 가지 큰 죄를 뜻한다.

"그대는 연옥의 정죄산에 오르면서 일곱 개의 상처를 하나씩 씻으면서 오르시오."

일곱 개의 상처는 인간이 갖고 있는 일곱 개의 죄를 뜻한다. 그것은 교만, 질투, 분노, 게으름, 탐욕, 비겁, 난폭한 성질로 인해 짓는 죄로, 'Peccati'의 첫 자를 따서 일곱 개의 P자를 이마에 표시한 것이다. 이윽고 천사는 흰옷 속에서 열쇠 두 개를 꺼냈다.

"이 금 열쇠는 예수의 피로 보속된 것이어서 문을 열 수가 있습니다. 또 하나의 열쇠는 그대에게 참회의 성신을 판단하게 하는 힘이 있습니다. 이 두 개의 열쇠의 힘이 함께 모이지 않으면 열리지 않습니다. 이 열쇠는 내가 성 베드로에게서 인계받은 것이오."

천사가 두 개의 열쇠를 자물쇠에 넣고 돌리자 닫혀있던 연옥의 문이 덜컥하고 열렸다.

"자 들어가시오. 그리고 앞만 보고 가시오. 만약 뒤를 돌아다보면 다시 밖으로 나가게 되오."

단테와 비르질리오는 안으로 걸어 들어갔다. 그들 등 뒤로 연옥 문이 닫히고 자물쇠가 잠기는 소리가 들렸다. 그 소리는 천둥과 번개처럼 들려서 단테는 깜짝 놀랐다. 그렇다고 뒤를 돌아볼 수도 없었다. 단테가 걸어가고 있는 동안 어디선가 '주님을 찬송합니다' 라는 성가가 오르간 반주와 함께 들려왔다.

교만한 자들을 위한 연옥

단테와 비르질리오가 얼마쯤 걸어가자 더 이상 올라갈 수 없는 절벽의 언저리에서 그리스의 대조각가 뽀리끄레또의 하얀 대리석 조각 작품이 눈에 띄었다. 그곳에는 그 작품뿐만 아니라 당대의 대가들 작품들도 있었다.

그 중에는 예수의 탄생을 미리 알리러 온 천사 가브리엘 상과 성모 마리아 상도 있었고, 유대의 왕 다윗이 하느님의 성스러운 계약의 상자를 실은 마차 앞에서 기뻐하고 있는 조각품도 있었다. 또 그 맞은편에는 다윗왕을 비웃고 있는 왕비 미꼴의 모멸에 찬 모습이 새겨진 것도 있었다.

그곳에 성모 마리아 조각품과 천사 가브리엘의 조각품이 있는 것은 연옥에 있는 교만의 언덕길을 지나는 사람들로 하여금 회개하도록 하기 위해서였다. 유대의 왕 다윗은 하느님 앞에서 겸손의 미덕을 발휘한 사람이었지만 왕비 미꼴은 겸손하지 못하고 교만했기 때문에 하느님께서 그 표상을 보이기 위해 함께 세워놓았던 것이다. 그들 조각품들은 마치 실물을 대하는 것처럼 정교하고 섬세했다.

그리고 각 조각품마다 겸손의 모범적인 표상이 될 만한 이야기들을 눈에 띄게 만들어 놓았다.

단테는 가까이 다가가 로마 황제의 영광스러운 업적들을 기록한 한 편의

미켈란젤로의 '최후의 심판' 부분화.

그림 두루마리를 읽어보았는데, 거기에는 이렇게 쓰여 있었다.

"로마 황제 트라야누스가 전쟁터에 나가려고 할 때 한 가난한 과부가 달려와서, '폐하, 전쟁터에서 죽은 제 아들의 원수를 갚아주소서.' 하고 말했다. 그러자 황제는 '내가 돌아올 때까지 기다려주시오.' 하고 대수롭지 않게 말했다. 그러나 그 과부는 너무 간곡하게 매달리며 말했으므로 황제는 그 바쁜 속에서도 과부의 소원을 진심으로 귀담아 듣게 되었다. 바로 트라야누스 황제는 그때의 그 진실 된 마음 때문에 죽은 후에 교황 그레고리오의 기도로 천국에 들게 되었던 것이다."

단테는 그곳에서 꼽추처럼 등이 휘어진 사람이 지나는 것을 보게 되었다. 그들은 살아있을 때 힘자랑을 하며 날뛰던 사람들이었다. 연옥에서 등이 휘어진 사람들은 모두 살아있을 때 자신의 재능과 힘으로 남을 얕본 자들이다. 단테는 그들을 보면서 자신의 교만에 대한 깊은 반성을 하게 되었다.

이곳에 있는 사람들은 생전에 유명한 예술가 정치가 혹은 무사 들로, 모두들 자신의 두뇌와 명예나 권력을 이용하여 다른 사람을 괴롭힌 사람들이었다. 단테는 거기서 이탈리아 아곱비오의 영광이라는 칭송을 받던 채색화의 대가 오데리시를 만났다. 그는 볼로냐와 로마에서 활동하였는데, 단테의 친구이기도 했다. 단테가 그에게 말했다.

"자넨 아곱비오에서 가장 손꼽히던 예술가가 아닌가?"

그러자 오데리시가 고개를 가로저으며 말했다.

"그런 말 하지 말게. 화가라면 볼로냐 출신의 프랑코를 따를 자가 없네.

난 살아있을 때는 최고의 화가가 되려고 노력하긴 했네. 그리고 세상에서 나보다 뛰어난 화가는 없다고 자부하긴 했었지. 하지만 그 자만심의 죄로 나는 지금 연옥의 고행을 받고 있는 것이라네. 인간의 명성이나 인기는 한낱 부질없는 것이라네. 한때는 치마부에파가 인기가 있었고, 또 한때는 반 토파가 인기 있었던 시대가 있었지 않았던가. 또 시로는 구이도 카발칸티를 알아주었지만 그 후로는 구이도 귀니셀리가 시의 명성을 빼앗지 않았던가. 나뭇가지가 푸르른 시절은 잠깐일 뿐이고 뜬세상의 명성이란 한 가닥의 바람결과도 같아서 바람이 바뀌면 이름도 바뀌지 않던가. 한때의 인기로 교만하고 우쭐하면 이렇게 연옥에 와서 고행을 해야 하거늘.”

그 말을 듣던 단테는 사람이 살면서 늘 겸손하고 따뜻해야 한다는 것을 새삼 깨달았다. 비르질리오가 가리키는 곳을 보니 첫째 두렁길 아래에는 돌에 글을 새긴 많은 묘비명들이 있었다. 그리고 다른 한쪽 바위에는 하느님 앞에서 교만의 죄를 지었기 때문에 하늘에서 번개처럼 지옥으로 떨어지는 루치펠로의 그림이 조각되어 있었다.

거기에는 바벨탑을 만든 교만한 니므롯이 있었고, 이스라엘의 첫 왕이 되었으나 교만 때문에 왕위에서 쫓겨난 사울이 팔레스티나의 길보아에서 자살해 죽은 그때의 모습 그대로 그려져 있구나. 그 땅에서는 그 후로 비도 이슬도 내리지 않았다네. 오, 미친 여인 아라고네여! 너는 네가 짠 재난의 직물 위에 가엾게도 벌써 반이나 거미로 변해 있구나! 너는 그 직물을 너무나 자랑했으므로 마침내 미네르바 신의 노여움을 받다 구름으로 변해서 그림들이 숱한 조각으로 되어있구나! 이런 생각을 하고 있는 바로 그때 비르질리오의 말이 들렸다.

"단테야, 천사가 오셨다. 벌써 정오가 다 되었으니 천사를 이쪽으로 맞아 해야지."

단테는 재빨리 무릎을 꿇고 천사를 정중히 맞이했다. 그때 흰옷을 입은 샛별같이 찬란한 천사가 날개를 움직이면서 다가왔다.

"이쪽 돌계단으로 오십시오. 이젠 올라가기가 쉬워질 것입니다."

천사들은 두 사람을 바위틈으로 안내했다. 그리고 단테의 이마를 날개로 털고 P자를 떨어뜨렸다. 순간 단테의 몸은 가벼워졌다. 어디선가 천사의 목소리가 단테의 귀에 들렸다.

"마음이 가난한 자는 복이 있나니, 천국이 그들의 것이오."

시기심으로 눈 먼 영혼들

단테와 비르질리오 두 사람은 천사의 안내를 받아 바위틈을 지나 언덕까지 올라갔다. 그곳에는 아까처럼 바위의 조각물이 없고, 보이는 것이라고는 납빛 돌로 된 평탄한 길이 있다. 이윽고 어디선가 영혼의 목소리가 들렸다. 먼저 '그들에게 포도주가 없도다' 라는 말이 들렸고, 그 목소리가 사라지기도 전에 '내가 오레트데스이다' 라고 외치는 소리가 들렸다.

트로이 전쟁 때 그리스의 명장 아가멤논의 아들인 오레트데스가 적에게 잡혀 사형을 당하게 되었을 때 친구 필라데스가 오레트데스를 구하고 자기가 대신 죽기 위해 '내가 오레트데스이다' 라고 외쳤다. 이것은 하느님께서 원수를 사랑하라는 뜻으로 전해준 말이었다.

그들에게 포도주가 없다는 말은 예수가 갈릴리아의 가나안 마을 잔치에 초대받았을 때 성모 마리아가 그 집에 축하의 포도주가 없는 것을 딱하게 여겨서 한 말이었다. 그때 예수는 물로 포도주를 만든 기적을 보여주었다.

단테가 그 목소리를 들으며 얼마쯤 갔을 때 장님이 나타나 길을 가로막았다. 단테가 그에게 누구냐고 묻자 그가 대답했다.

"나는 훌륭한 지혜라는 뜻의 사삐아라는 이름을 가진 사람입니다. 나는 살아있을 때에 남의 잘못이나 불행을 보고 기뻐했기 때문에 여기서 이런 고행을 하고 있습니다."

이곳은 남의 행복을 시기한 죄인들의 영혼이 모여 사는 곳이었다. 이곳 사람들이 눈이 먼 것은 남을 시기하지 못하도록 눈가죽이 완전히 꿰매어져 있었기 때문이다. 그들은 그 죄에서 벗어나기 위해 하느님께 기도를 드리고 있었다. 단테는 장님 사삐아에게 말했다.

"나도 이곳에 오게 되면 당신처럼 눈이 멀겠지만 질투의 눈으로 남을 보지 않았기 때문에 그 형벌이 그리 오래 가지는 않을 것이오. 지금 나는 살아있는 몸이오. 돌아가면 당신을 위해 무엇인가 해주고 싶소. 무엇이든지 청하시오."

"하느님께서는 당신을 특별히 사랑하시고 계시는 것 같습니다. 만약 당신이 토스카나에 가시면 내 친척들에게 내가 지옥에 있지 않고 연옥에 있다는 사실을 알려주시오. 사람들은 내가 지옥에 갔다고 믿고 있습니다. 그것은 나로서는 불명예입니다. 제 명예를 회복시켜주시기 바랍니다."

단테는 이곳에 너무나 많은 장님들이 있다는 것을 알았다. 사람들이 살아있을 때 남들을 시기하고 질투하는 일이 너무 많다는 증거였다. 그들로부터 일일이 얘기를 듣자면 한이 없었다. 단테는 말을 끊고 앞으로 나갔다. 얼마 후에 갑자기 하늘에서 뇌성벽력이 치면서 "나를 찾은 자들은 나를 죽이리라." 라는 말이 들렸다.

아주 먼 옛날 창세기에 카인은 하느님이 자기보다 동생 아벨을 더 사랑한다는 생각을 하게 되어 시기심이 불타올라 아벨을 죽였다. 그 후 카인은 하느님이 두려워 하느님이 안 계신 곳이라고 생각되는 곳만 골라서 숨어

살았는데 그때마다 천둥 번개가 그의 귀에서 사라지지 않았다. 그처럼 시기
와 질투의 죄를 저지르면 카인처럼 형벌을 받게 된다.

단테가 시기심에 사로잡혀 있던 영혼들을 만나고 있는 동안 해는 어느덧
서쪽으로 기울어 저녁이 되었다. 그때 문득 두 사람의 천사가 나타나 그들
을 돌계단으로 안내했다. 그곳에서는 '자비심이 많은 자는 복 되도다. 그대
는 이긴 자이니 기뻐할지어다.' 라는 노랫소리가 들렸다. 단테는 마음이 가
벼워졌다. 그는 이마에 P자가 하나 떨어졌다는 것을 깨달았다.

최초의 순교자 성 스테파노의 기도

해가 서쪽으로 기울면서 단테는 점차 피로해졌다. 그는 흐린 눈으로 신전을 내려다보았다. 신전에는 많은 학자들이 있었는데 유독 한 소년이 눈에 띄었다. 그때 소년의 어머니가 소년에게 왜 이렇게 늦게 왔느냐고 하는 말이 단테의 귀에 들렸다. 그와 함께 신전이 환상 속에서 사라졌다. 알고 보니 이곳은 세상에서 사는 동안 화를 잘 내던 사람이 모여 있는 곳이었다.

단테가 본 성전은 예수 그리스도가 열두 살 때 학자들과 얘기를 나누던 모습이었다. 소년은 예수 그리스도의 모습이었고, 소년에게 늦게 왔다고 말하던 사람은 성모 마리아였다. 성모 마리아는 아들이 늦게 왔지만 화를 내지 않고 부드러운 말로 타이르는 표양을 성전에 모여 있는 영혼들에게 보였다는 것을 단테는 알 수 있었다.

그때 단테 앞에는 또 다른 여인 빠지스뜨라또의 아내가 나타났다. 빠지스트라또는 기원전 6세기 아테네 전제 군주의 딸이었다. 한 젊은 남자가 그녀를 사랑한 나머지 사람들 앞에서 딸에게 키스를 퍼부었기 때문에 그의 어머니가 크게 노했다. 그러자 남편이 아내를 부드럽게 훈계했던 사건이 있었다.

이윽고 단테 앞에는 또 다른 환상이 나타났다. 한 남자가 돌을 든 군중

본도네가 그린 성 스테파노.　　　　　렘브란트의 '돌에 맞아 죽는 성 스테파노'.

에 둘러싸여 있는 모습이었다. 하지만 그 남자는 단지 하늘을 우러러 기도할 뿐이었다.

'하느님, 저들을 벌하지 마시옵소서.'

단테의 환상 속에 나타난 사람은 최초의 순교자 스테파노였다. 그는 전교 도중 반대파들에 의해 돌 뭇매를 맞아 죽으면서도 원수를 원망하지 않고 오히려 하느님께 그 사람들의 죄를 용서해 달라고 비는 기도를 했던 것이다. 그의 행위는 이곳 연옥 영혼들의 귀감이 되었다. 그때 비르질리오가 단테의 모습을 보고 말했다.

"자넨 웬일로 취한 사람처럼 비틀거리며 걷고 있는가?"

단테가 비르질리오에게 환상을 본 얘기를 해주었다. 그러나 비르질리오는 말하기도 전에 단테가 본 환상을 다 알고 있었다. 그들이 걷는 동안 어느덧 주위가 어두워졌고, 앞쪽에는 선악의 구별도 어려울 만큼 짙은 연기가 자욱하게 깔려있었다. 단테는 앞을 볼 수가 없어서 비르질리오에 의지하면서 겨우 걸었다. 어두운 주위에서는 누군가의 기도소리가 계속 들려오고 있었다.

"세상의 죄를 없애는 하느님의 어린 양이여, 저희를 불쌍히 여기소서. 세상의 죄를 없애시는 하느님의 어린 양이여, 저희들에게 평화를 주소서."

그들은 모두 세상에서 살 때 걸핏하면 화를 잘 내던 사람들로 속죄의 기도를 통해서 연옥의 고행을 끝마치려고 하는 영혼들이었다. 그때 누군가가 단테에게 물었다.

"우리들을 에워싸고 있는 연기를 헤치고 있는 것을 보면 당신은 분명 살아있는 사람인 것 같은데 여기서 무엇을 하고 있소?"

"우리들이 나눈 얘기를 엿들은 것 같은데 더 따라오더라도 당신들은 우리들이 무슨 얘기를 하는지 알 수가 없을 것이오."

"그렇다면 알아들을 수 있을 때까지 따라가겠소."

"나는 죽으면 없어질 육체를 지닌 채 살아있는 사람이오. 지옥을 거쳐 이곳에 왔습니다. 당신이 누군지 말해보시오."

"나는 롬바르디아에 사는 마르코입니다. 당신들은 지금 올바른 길을 가고 있는 중이오. 그곳에 가시면 나를 위해 기도를 해주시오."

마르코는 단테의 친구였다. 그는 베네치아의 귀족으로 기지가 뛰어나고 학문이 깊었고 자애심이 깊은 고귀한 마음을 지녔으나 평소에 작은 일에도 화를 잘 내는 사람이었다. 그래서 그는 연옥에 머물러 있는 것이었다. 단테는 그가 친구인 것을 비로소 알게 되었다.

"알겠네, 친구, 자네의 소원은 꼭 들어줄 것이네. 그런데 한 가지 의문이 있네. 지금 사람들이 살고 있는 세상에는 덕망이 없어지고 악만 무성하네. 도대체 그 이유는 하늘에 있는가 아니면 땅에 있는가 그것을 알고 싶네."

"자네가 살고 있는 세상은 지금 눈 먼 장님들의 세상이나 마찬가지라네. 자네가 거기서 왔으니 그걸 묻는 것은 당연하지. 세상 사람들은 좋은 일이나 나쁜 일이나 모두 하늘만 탓하고 있네. 인간의 자유로운 판단은 없어진 것일세. 하지만 선악의 판단은 인간의 자유의지로 잘할 수 있는 것이기에 세상이 악해진 것은 인간이 나빠서 그리 된 것이라네. 그래서 인간들이 자신을 잘 다스려야 되는 것은 물론 교회도 정신을 차려야 하네."

단테는 마르코의 얘기를 듣고 수긍이 갔다. 그는 마르코와 더 얘기를 하고 싶었지만 천사가 제4의 언덕에 나타나자 서둘러 떠나버렸다.

잠시 후에 단테는 십자가에 매달린 사람의 환상을 보았다. 그는 페르시아의 장관 아만이었다. 아만은 페르시아의 왕 아쑤에로와 왕비 에스텔과 에스텔의 양부이자 유대인인 마르도케오 등에 에워싸여 죽어있었다.

아만은 당시 모든 백성들이 그에게 무릎을 꿇었으나 유대인 마르도케오가 자신에게 무릎을 꿇지 않고 불손하게 굴자 처단하려고 했다. 그러자 페르시아 왕비 에스텔에게 그 음모가 발각되어 마르도케오를 죽이려던 바로 그 십자가에 매달리게 된 것이다.

단테는 그 환상을 본 후에 갑자기 눈앞에 밝은 빛이 나타났다. 앞에는

돌계단이 보였다. 두 사람은 돌계단 위로 올라갔다. 그때 단테의 귀에 날개
짓 소리가 들렸다. 그와 함께 마음이 가벼워지는 것을 느꼈다. 그와 함께
이마에서 P자 하나가 줄어들면서 음송이 들렸다.

"평화를 사랑하는 자는 복이 있나니, 분노를 갖지 않는 자는 복이 있나니."

게으른 자들을 위한 연옥

　단테는 돌계단에 올라가 마침내 제4의 언덕에 도착했다. 그는 마음을 가다듬어 어둠 속에서 무슨 소리가 들리는지 귀를 기울였다. 그때 비르질리오가 말했다.

　"이곳은 세상 살 때에 마땅히 해야 할 일을 하지 않고 게으름을 피웠던 자들이 머무는 곳일세. 사람들은 모든 일들을 자유의사대로 선택해서 하는 것 같지만 사실은 애욕을 기준으로 움직이는 경향이 있다네. 그런데 그 애욕이 잘못된 선택의 방향으로 갈 수가 있지. 애욕이 나쁜 쪽으로 방향을 잡으면 그것은 하느님의 의지를 배반하게 되지만 좋은 쪽으로 방향을 잡았을 때는 게으름으로 멈춰버리는데, 바로 그게 죄라네. 또 사랑의 반대인 증오의 감정은 자기 본위가 강해서 죄가 된다네. 첫째 자기가 남보다 훌륭하게 되고 싶다는 교만한 죄, 둘째 남들이 잘 되는 것을 시기하는 죄, 셋째 남에게 피해를 받으면 금세 보복심을 갖는 죄를 말하네. 이 세 가지 죄는 우리가 세 번의 언덕길을 거쳐 오는 동안 모두 관찰했던 것이네. 여기 네 번째 언덕은 남에게 사랑을 베풀지 않고 게으른 자들에 대해 참회하도록 하는 곳이네. 세상에 사는 사람들 중에는 겉으로는 행복해보이지만 실제로는 불행한 사람들이 아주 많다네. 따라서 지나치게 탐욕을 누린 자들은 이곳 탐욕의 언덕과 음란의 언덕길에서 회개를 해야 한다네."

단테는 비르질리오의 말을 듣고 고개를 끄덕거리며 물었다.

"그렇다면 모든 선악의 근본이 되는 사랑에 대해서 말씀해주십시오."

"사람들 중에는 사랑을 너무 쾌락 쪽으로만 보는 경우가 많네. 그런 사람들은 사랑의 진정한 뜻을 몰라서 그러는 것이네. 사랑은 아주 현명하고 지혜롭게 대처해야 하네. 사람에게 사랑과 욕망이 존재하는 것은 마치 꿀벌이 꿀을 만들 줄 아는 본능을 가진 것처럼 원초적으로 갖고 있는 아주 자연스러운 본능이네. 따라서 우리가 사랑에 대해 새삼스럽게 무엇이 옳고 무엇이 그른가를 말해야 할 이유가 없네. 이미 사람들이 잘 터득하고 있기 때문이네."

비르질리오가 말하는 동안 어느덧 달이 높이 떠서 별들이 빛을 잃고 있었다. 단테는 졸음이 밀려와서 다리가 휘청거렸다. 그때 갑자기 게으른 영혼들이 그들에게 와락 달려들면서 외쳤다. 그중에서 한 사람은 누가복음 1장 39절을 읽었다.

"성모 마리아께서 급히 산간벽지의 마을 유대로 달려갔습니다."

또 어떤 사람은 이렇게 외쳤다.

"체사레 게살은 일레르다를 함락시키려고 마르세이유 성을 포위한 채 급히 에스파니아로 달려갔습니다."

또 그 뒤를 따라가는 자가 이렇게 외쳤다.

"사랑이 적다고 주저하지 말라. 서둘러 착한 일을 행하지 않으면 안 된다."

많은 게으른 자들이 밤중에 그런 말을 외치면서 서둘러 뛰어가고 있었다. 비르질리오는 그들을 보고 만족한 웃음을 띠었다.

"착한 일을 보고도 행하지 않는 자들이여! 그대들은 바로 그 점 때문에 이곳 연옥에서 고행을 하고 있는 것이다. 나는 지금 살아있는 단테와 이곳에서 제5의 언덕을 향해 가고 있는 중이다. 여러분 중에서 길을 아는 자가 있으면 가르쳐 달라."

그러자 한 사람이 입을 열었다.

"우리 뒤를 따르면 됩니다. 우린 한시도 머무르거나 쉴 수가 없어서 모두 뛰고 있는 것이오. 이것은 우리들의 의무이니 무례하다고 여기지 마시고 당신들도 뛰어 오시오."

그들이 그렇게 말했지만 단테는 너무 피곤하고 졸음이 밀려와서 그들의 뒤를 따라 뛰어갈 수가 없었다. 단테는 잠결에 이상한 냄새를 맡고 깨어났다. 비르질리오가 말했다.

"난 널 세 번이나 깨웠지만 꼼짝도 하지 않았다. 어서 일어나게. 우리가 갈 제5의 언덕으로 가는 길을 찾았네."

단테가 눈을 떴을 때는 날이 밝아 있었다. 단테는 비르질리오에게 미안해서 허리를 굽혔다. 그러자 한 여자가 천사의 날개를 펴고 내려와서 두 사람을 불렀다.

마이다스 황금의 욕망

단테가 꿈에서 벗어나지 못하고 있을 때 비르질리오가 입을 열었다.

"자넨 지금 시레네의 이상한 냄새에서 벗어나지 못하고 있군. 그 냄새는 무서운 여자가 풍기고 있는 것이네. 그로 인해 얼마나 많은 남자들이 유혹의 고통 속에서 헤매었는지 잊어서는 안 되네. 지금부터 이 산에서 나는 모든 냄새는 저 여자의 탐욕과 음란을 통해서 풍기는 유혹이라는 것을 명심하게. 그러니 자네는 오직 천국의 베아트리체를 향해 마음을 열어놓고 있으면 되네."

단테는 그 말을 듣고 나서야 잠에서 깼다. 제5의 언덕에는 많은 사람들이 땅에 머리를 대고 울고 있었다. 단테는 그들이 울면서 하는 하소연에 귀를 기울였는데, 그들은 '내 영혼은 더렵혀졌도다.' 하고 울부짖고 있었다. 단테는 그들에게 말했다.

"나는 아직 살아있는 사람입니다만 그대는 왜 땅에 머리를 박고 울고 있는 것이오. 당신은 누구요. 내가 세상으로 돌아가서 당신에게 해줄 수 있는 것이 무엇인지 말해주시오."

그러자 한 사람이 나섰다.

"나는 베드로의 후계자인 교황 아드리아노 5세입니다. 살아있을 때 나는 하느님의 마음을 떠나 탐욕에 빠졌습니다. 그래서 지금은 그 사실을 후회하고 하느님의 용서를 받을 때까지 통회를 계속하고 있는 것이오. 여기서는 탐욕의 죄에 대해 가장 혹독한 벌을 내립니다.”

단테는 그가 교황 아드리아노 5세라는 것을 알고 정중히 예의를 갖추었다. 그러자 그는 단테에게 말했다.

“여기서는 나도 자네와 똑같이 하느님의 종의 하나입니다. 구태여 예의를 갖출 필요는 없소. 이곳은 지상처럼 사람 간에 차별이 있질 않소.”

교황 아드리아노 5세는 단테에게 마태복음 22장 35절에 나오는 ‘부활할 때는 하늘에 있는 천사처럼 장가도 안가고 시집도 안 가네’ 라는 이유를 밝혀주려고 했다. 성서의 그 말씀은 영혼의 세계는 지상의 세계처럼 이미 차별이 없다는 예수 그리스도의 말씀을 전하려는 뜻이 있었다.

단테와 비르질리오는 그들을 지나치면서 탐욕에 빠졌던 사람들이 속죄하기 위해서 생전에 사람들에게 깊은 은혜를 베푼 사람들의 얘기를 꺼내는 것을 들었다. 그들은 그 얘기를 통해서 귀감을 삼으려는 것이었다. 가장 먼저 귀에 들어온 것은 성모 마리아의 얘기였다.

“누가복음 2장 7절에는 성모 마리아가 예수를 낳아 강보에 싸서 구유에 뉘었으니 이는 거처할 곳이 없어서였다. 그것을 보면 우리들의 탐욕이 얼마나 큰지 회개해야 한다.”

그 다음으로는 로마의 정치가 화브리치오의 얘기가 들렸다.

“로마의 집정관 가이우스 화브리치오는 몹시 가난했으나 성품이 고결하고 청렴결백해서 산니타인들과 화해를 맺으면서도 뇌물을 거절했다. 그는 집정

성모 마리아.

관이면서도 너무나 가난한 가운데 죽어서 시에서 공금으로 장례식을 치렀으며 딸들의 지참금조차도 시에서 부담했습니다. 우리는 그를 본받아야 합니다."

그 다음으로는 니콜라우스 신부의 얘기가 들렸다.

성 니콜라우스.

"3, 4세기에 파리의 수호천사이자 어린이와 항해자와 여행자 들의 수호자인 성 니콜라우스는 지참금이 없어서 딸 셋을 시집보내지 못하고 할 수 없이 딸들이 팔려나가게 된 한 사람을 불쌍히 여겨 그 집 창 너머로 돈을 던져서 딸들을 구했다. 우리는 가난한 이웃을 도운 니콜라우스 성인(훗날 산타클로스 할아버지)의 이야기를 간직하고 살아야 합니다."

단테는 그들이 살아있을 때 탐욕스러웠던 죄를 뉘우치고 있는 것을 보고 감탄해서 소리를 질렀다.

"지금 그 말씀을 하시는 당신은 누구요. 내가 지상으로 돌아가면 당신의 죄책감에 대해 보상을 받도록 해드리겠소."

"나는 루이 5세의 뒤를 이어 프랑스의 왕이 된 우고 치아뻬따입니다. 우리들이 이곳에서 아직도 저 위로 올라가지 못하고 있는 것은 모두 이유가 있습니다. 사람들이 낮에는 우리를 위해 기도를 하지만 밤이 되면 천국을

마이다스 왕과 황금으로 변한 그의 딸.

잊고 모두들 마이다스와 아깜과 사휘라와 그리고 크라수스의 얘기만 하고 있는 사람들이 많기 때문입니다."

마이다스란 탐욕이 많았던 프러시아 마이다스 왕을 말한다. 마이다스는 자기 손으로 만지는 것은 모두 황금으로 변하게 해달라고 박카스 신에게 빌어 자신의 소원을 이루었지만 그 때문에 자기가 먹으려던 음식도 황금으로 변하고 사랑하는 딸마저 황금으로 변해버리고 말았던 인물이다.

또 유태인 아깜은 에리코의 저주받은 전쟁 노획품들을 훔쳐서 감추었지만 쇼수에게 들켜 돌로 뭇매를 맞아 죽었다. 아깜의 탐욕이 죄를 부른 이야기이다. 또한 사휘라와 그의 아내 아나니아는 밭을 판 돈의 일부를 숨긴 채 남은 돈을 사도 베드로에게 내놓았지만 감춘 돈이 발각되어 저주받아 죽었다.

또한 마르쿠스 푸치니우스 크라수스는 시저, 폼페이우스와 함께 세 집정관 중의 하나였는데, 크라수스가 너무 탐욕적인 것을 모두가 알고 있었다. 따라서 왕은 크라수스가 빠르띠와 전쟁에서 패하자 빠르띠의 왕이 그에게

'너는 황금을 가장 욕심냈으니, 황금의 맛을 보아라' 고 하며 녹인 황금을 그의 목구멍에 부었다.

"… 이런 얘기는 많지만 오직 나만 큰 소리로 말했을 뿐입니다."

단테와 비르질리오는 그 얘기를 다 듣고 돌아섰다. 그때 갑자기 언덕길이 지진이 일어난 것처럼 흔들렸다. 비르질리오는 이곳에는 지진이 없다고 단테를 안심시켰다. 그때 바로 위에서 큰 소리가 들렸다.

"지극히 높은 곳에서는 하느님께 영광!"

그때 단테는 주위에 있던 영혼들이 모두 하늘을 우러러 보며 작별 인사를 하고 있는 것을 보았다. 그때서야 누군가가 승천했다는 것을 깨달았다. 아까 산이 지진이 난 것처럼 흔들렸던 것은 언덕에서 고행을 하던 노인의 영혼이 정죄가 끝나 하늘로 올라가자 산이 감격하여 흔들렸던 것이다.

시인 스타시오의 고백

지금 단테와 비르질리오 앞에는 수많은 노인들의 일행이 있었다. 비르질리오가 그들에게 정중히 예의를 갖추고 단테와 함께 이곳에 온 이유를 설명해주었다. 그리고 노인들에게 조금 전에 산이 흔들린 이유가 무엇인지 물었다. 그러자 한 노인이 말했다.

"이 산은 규범을 깨뜨리는 일이 없습니다. 연옥 안에서는 지진 같은 것은 없습니다만 정죄산에서 죄를 회개하고 깨끗해진 영혼이 천국으로 승천할 때 기쁨과 감동으로 일어나는 반응일 뿐입니다. 나는 연옥에서 5백년 동안 머물러 있지만 아직도 천국에 가지 못했습니다. 이곳 사람들은 모두 천국에 가고 싶은 열망이 크지요. 하지만 욕심만으로는 천국에 못 간다는 것을 잘 압니다."

그때 비르질리오가 물었다.

"당신은 누군데 5백년이나 이곳에 있지요?"

"나는 서기 50년경에 나폴리에서 태어나 96년에 죽은 시인 스타시오라는 사람입니다. 그때는 제가 아에네이스의 노래를 배워서 불렀기 때문에 꽤 인기 있는 시인이었지요. 그게 모두 아에네이스의 노래를 쓴 시인 비르질리오 덕분이었습니다. 내가 만일 비르질리오 같은 시인이 살던 시대에 태어났다면 여기서 더 오래 머문들 무슨 문제가 되겠습니까."

그러자 비르질리오는 단테에게 잠자코 있으라는 눈짓을 보냈지만 노인이 너무 진지한 표정을 짓자 단테는 그만 입을 열고 말았다.

"여기 이 분이 바로 시인 비르질리오이십니다."

그 말에 스타시오는 깜짝 놀라 달려들었다. 그러나 그들은 모두 육체가 없는 영혼이었으므로 손도 잡을 수가 없었다. 마침내 그들은 스타시오의 안내로 제6의 언덕에 올랐다. 그때 돌계단에서 천사가 나타나 날개로 전처럼 이마의 P자를 지워주고 떠났다. 이어 어디선가 말소리가 들렸다.

"목마른 사람들이 물을 그리워하듯이 정의로운 자들은 축복을 받으리라."

비르질리오는 시인 스타시오에게 말했다.

"내가 지옥의 림보에 있을 때 한 시인이 당신 얘기를 해준 적이 있습니다. 나는 당신을 본 적은 없지만 호기심이 있었지요. 내 친구가 되어주시오. 당신 같은 분이 왜 연옥에서 헤매는지 알 수가 없습니다."

"저는 살아있을 때 하느님을 바르게 믿지 않았습니다. 사실 나는 탐욕을 저지른 죄에 대한 문책을 받고 있는 것은 아니라 오히려 낭비를 했기 때문입니다. 연옥에서도 지옥처럼 낭비도 죄를 받게 됩니다. 나는 선생님의 시를 읽으면서 구절구절 나쁜 표현이라고 생각되는 곳을 고치고 싶었습니다. 만일 그랬다면 지금쯤은 지옥에서 무거운 돌을 굴리고 있겠지요."

비르질리오는 그 말을 듣고 빙긋이 웃었다.

"헌데 당신은 왜 예수 그리스도를 믿게 되었지요?"

"그것은 선생님의 시 중에 '세상은 바로잡혀 정의와 원시의 시대가 다시 오고 새 백성들이 하늘에서 내려온다' 는 구절을 읽고, 예수 그리스도의 예언이 진리라는 것을 깨달았기 때문입니다. 제가 신자가 된 것은 도미시아노 황제 시절이었습니다만 그때는 기독교 신자들에 대한 박해가 심해서 피해 다녔습니다. 저는 그렇게 성실하지 못한 죄로 제4의 언덕에서 4백 년 동안 머물러 있다가 이곳에 온 것입니다."

단테는 비르질리오와 함께 시인 스타시오의 말이 무슨 뜻인지 깨달았다. 이후로 시인 스타시오가 단테와 비르질리오와 함께 동행을 시작했다.

대식가 포레제 도나띠

세 사람이 그 다음에 도착한 곳은 제6의 언덕이었다. 그곳에는 줄기가 가늘고 가지가 굵은 이상한 나무 한 그루가 있었다. 가지에는 먹음직스러운 열매가 매달려 있었다. 그 옆으로는 깨끗한 폭포가 있었다. 나무의 줄기는 너무 가늘어 열매를 딸 수가 없었다. 이 나무는 선악을 구별할 줄 아는 나무의 분신이며 그 모양이 원추형을 거꾸로 세워놓은 형상을 하고 있어서 나무에 올라가 열매를 딸 수 없게 되어 있었다. 따라서 폭식의 벌을 받은 사람들은 열매를 먹을 수 없어서 그 고통이 더 컸다. 두 사람이 나무 가까이 갔을 때 잎에서 말소리가 들렸다.

"나무 열매를 따먹지 마시오. 성모 마리아께서는 가나안의 혼인잔치에 갔을 때 맛있는 음식보다 잔치에 꼭 필요한 포도주 걱정을 하셨습니다. 옛 로마의 부인들은 술을 마시지 않고 물만 마셨고, 예언자 다니엘은 허리띠를 졸라매고 열심히 공부했지요. 옛 사람들은 도토리를 따먹었고, 샘물 대신 개천의 물을 마셨습니다. 세례자 요한은 꿀과 메뚜기로 영양분을 섭취하면서 세례를 주러 다녔습니다."

세 사람은 더 이상 그곳에 머물러 있을 시간이 없어서 서둘러 떠났다. 그들은 길에서 묵묵히 걸어가는 순례자들을 만났다. 놀랍게도 그들은 모두

볼이 움푹 패고 안색이 창백했으며 몸에는 뼈와 가죽만 남은 사람들이었다. 그 비참한 모습은 마치 에리시토네 같았다.

에리시토네는 뎃살리니아의 왕 뚤리오파스의 왕자로, 옛날 세레스 여신의 참나무를 자른 죄로 노여움을 받아 평생 굶주림의 고통을 받고 살았다. 지금 순례자들은 모두 이상한 나무에 열린 열매의 냄새를 맡으며 갈망하고 있었다. 그들 중에 한 사람이 단테를 보고 말했다.

"당신들은 누구시오. 우리를 좀 도와주시오."

단테는 그가 낯이 익어 잘 생각해보니 시인 포레제 도나띠였다. 단테는 포레제에게 자기가 이곳에 온 이유를 밝혔다.

"여보게, 나는 그 옛날 자네가 죽었을 때 슬퍼했던 사람이네. 자넨 어쩌다가 이렇게 되었는가?"

"나는 살아있을 때 너무 비싼 음식만 찾아 먹었던 대식가이자 식도락가여서 지금 이처럼 벌을 받고 있는 것이오. 나는 지금 먹을 것이라고는 이 열매의 냄새뿐이고, 마시는 것은 폭포의 물보라뿐이라오."

"허나 자넨 죽은 지 벌써 5년이나 되지 않았는가. 나는 자네가 죽을 때 회개를 하지 않아서 연옥의 문밖에 있는 줄 알았네만 제6 언덕에 있는 줄은 몰랐네."

"그렇게 생각했겠지. 나 같은 사람은 연옥의 문밖에서 살았던 생애의 햇수만큼 고행을 해야 하네. 하지만 내 경우는 나의 아내 넬라가 지금까지 계속 나를 위해 기도를 해주어서 이만큼 빨리 올 수가 있었네."

단테는 그 말을 듣고 살아있는 사람들이 연옥 사람들을 위해서 기도하는

미켈란젤로의 '원죄'. 뱀이 감고 있는 가운데 나무가 '지혜의 나무' 이다.
왼쪽은 열매를 따려는 아담과 이브.

일이 얼마나 중요한가를 새삼 깨달았다.

"여보게, 자네와 어울리던 옛 시절이 그립네. 나는 아직 살아있는 몸으로 대선배님의 안내를 받아 지옥에 다녀왔네만 앞으로 우리는 천국에 가서 베아트리체를 만나기로 되어 있다네. 포레제, 나와 함께 걷고 있는 동안 묻겠네만, 자네 누이 삐까르따는 어디 계신가. 그리고 곁에 계신 분들은 누구인가?"

"나의 누이 삐까르따는 이미 천국에 가 있다네."

포레제는 자기 곁에 있는 이탈리아의 시인 보나준타를 위시해서 차례로 단테에게 소개를 해주었다. 그들은 살아있을 때 모두들 사치스러운 식사를 하던 사람들이었다. 그들은 나무 아래에 있었지만 열매가 손에 닿지 않고, 나무줄기가 가늘어서 올라가 열매를 딸 수 없는 사람들이었다. 그때 어디서 누군가 말했다.

　"너희들은 나무 가까이 오지 말고 그냥 지나쳐 가거라. 지상의 이브가 따먹었다는 선악과도 이 위쪽에 있지만 이 나무 역시 그 나무에서 나뉘어져 나온 지혜의 나무이다."

　이어 단테는 비르질리오와 스타시오의 손을 잡고 다음 언덕을 향해 걸어갔다. 세 사람이 침묵 속에서 천 걸음쯤 왔을 때 갑자기 천사가 나타나서 말했다.

　"당신들은 여기서 방향을 바꾸십시오. 평화의 길을 원하시면 이쪽으로 오시오."

　그와 함께 가벼운 바람이 달콤한 향기를 머금고 불어왔다. 그때 그 바람은 단테의 아미에 또 하나의 P자를 지웠다.

연옥의 마지막 불길

4월 2일 오후 2시, 돌계단이 좁아서 세 사람이 나란히 올라갈 수가 없어서 한 사람씩 올라갔다. 비르질리오가 단테에게 말했다.

"자네가 거울 앞에 서면 흔들리는 모습을 볼 수 있을 것이네. 올곧는 성질을 가진 사람도 때로는 부드럽게 보이는 것이네만, 스타시오가 잘 가르쳐 줄 걸세."

그 말을 들은 스타시오가 단테에게 성에 관한 얘기를 들려주었다.

"남자와 여자는 정상적으로 함께 정을 나누어 잉태하고 아기를 갖고 키우는 것이네. 하지만 그 방법은 동물과 인간이 다른 법이라네. 그런데 성을 함부로 여긴 사람들은 이 간음의 언덕에서 고생을 겪게 되는 것이네. 어느 사람이나 성인이 되면 하느님의 허락을 받아 서로 마음이 통한 후에 자녀를 낳는 것이 옳고, 그렇지 않은 것은 모두 간음에 해당하는 것이네."

제7의 언덕은 연옥계의 마지막으로 위쪽 바위벽에서 불을 토하고 있었다. 이 불을 여기서는 정화淨火라고 부른다. 이곳은 매우 좁아서 한 사람씩 통과하도록 되어 있다. 단테는 불속으로 떨어질까 몹시 두려웠다. 비르질리오가 단테를 보고 말했다.

"이 불을 통하지 않고는 천국에 갈 수가 없다네."

그때 불 속에서 '오오! 자비하신 하느님!'이라는 외침소리가 계속 들렸다. 단테는 멈추어 서서 불꽃으로 떨어진 영혼의 무리들을 지켜보았다. 그들 중에 한 사람이 단테에게 외쳤다.

'오오! 너는 남들보다 느려서가 아니라 그들을 공경하느라 늦었구나.'

그들은 불속에서 만나면 서둘러 사랑의 입맞춤을 했지만 너무 순식간이어서 겨우 인사말을 나눌 수 있을 뿐이었다. 그들은 헤어지면서 '소돔과 고모라!'를 인사말처럼 외쳤다. 소돔과 고모라는 하느님의 가르침을 배반하고 성적 타락의 죄에 빠져 하느님의 노여움을 받아 불로 멸망을 당한 팔레스타인의 도시를 말한다.

그들은 이 무리 저 무리 서로 어울려 울부짖으며 눈물로 인사를 되풀이 하고 있었다. 그들은 단테에게 무슨 말을 하고 싶어서 몸부림을 치고 있었다.

"여러분은 언젠가는 구원을 받아 평화를 얻게 될 것이오. 나는 살아있는 몸으로 성모 마리아의 은총을 입어 이곳을 탐방하게 된 것이오. 당신들은 누구입니까?"

"훌륭한 죽음을 맞기 위해 이곳에 온 당신은 정말 복 받은 자입니다. 나는 구이도 구니셀리요. 죽기 전에 회개하여 이곳에 오게 되었소."

그는 1230년 볼로냐의 황제당 가문 출신으로 단테 이전에 이탈리아에서 최고의 시인이었다. 단테가 그와 얘기를 나누는 동안 어느덧 저녁이 되었다. 불꽃 가장자리에서 천사들이 날아와 노래를 불렀다.

"마음이 정결한 자는 복이 있나니, 하느님을 맞을 것이라…."

그 노래와 함께 단테의 이마에서는 마지막으로 남은 P자가 사라져버렸다.

"그대들은 여기서 불에 그을리지 않고는 앞으로 나갈 수가 없네."

어디선가 그 말이 들렸다. 그 순간 단테는 사람의 몸이 타들어 가는 환상이 보였다. 이윽고 비르질리오가 말했다.

"자아, 들어가세. 고통은 받겠지만 죽진 않네. 이 불 속에서 천 년 동안 있어도 자네는 머리털 하나 타지 않을 것이네. 거짓말 같으면 자네 옷자락을 불 속에 살짝 넣어보게."

그러나 단테는 여전히 두려워했다.

"단테, 자네와 베아트리체는 바로 이 불을 경계로 헤어져 있네. 베아트리체를 만나려면 이곳을 통과해야 하네."

비르질리오는 단테에게 용기와 격려를 주기 위해 계속 베아트리체를 내세웠다. 그러자 천사의 목소리가 들려왔다.

"하느님의 축복을 받은 자들이여, 어둡기 전에 어서 오시오."

세 사람은 그 말을 듣고 걸음을 재촉했다. 단테가 돌계단을 한 계단 올라갔을 때 해가 지고 단테의 그림자는 사라졌다. 밤이 되면 걸을 수 없다는 이곳의 규칙대로 세 사람은 그곳에서 하룻밤을 지냈다. 단테는 그날 밤 꿈에서 예언적인 환상의 노랫소리를 들었다.

"내 이름은 리아, 나는 항상 몸을 꽃으로 장식하고 그 모습을 거울에 비춰보며 즐겼지요. 하지만 내 동생 라켈은 온종일 거울 앞에만 서 있다오."

창세기에 나오는 리아와 라켈은 자매로 신약에 나오는 마리아와 마르타와 대조를 이룬다. 그들은 각각 관상 생활과 활동 생활을 상징한다. 리아가 꽃 목도리를 만들어서 몸을 꾸미는 것은 선행을 통해 덕을 쌓는 행위를 가리키지만 라켈은 그와 대조적으로 조용한 관조의 생활을 즐기는 것이다.

이윽고 새벽이 되어 해가 떴다. 4월 13일 아침이었다. 찬란한 해와 함께 싱싱한 풀과 꽃들이 눈에 띄었다. 곧이어 비르질리오가 말했다.

"이제부터 낙원이네. 여기서는 과일이 열린 나무들을 보게 될 것이네. 우리는 지옥과 연옥을 거쳐서 마침내 정죄산의 가장 높은 언덕에 온 것이네. 나는 위대한 힘을 빌려 자네를 여기까지 안내할 수 있었네. 허나 지금부터 자네는 자유인이네. 처음에 나는 자네가 내게 구원을 청하여 안내를 맡게 되어 여기까지 오게 된 것이네. 이제 자넨 여기서 베아트리체가 올 때까지 기다려도 좋고 아니면 계속 걸어도 좋네. 이제부터는 내 안내를 받거나 나에게 묻지 않아도 되네. 자네의 판단은 늘 자유롭고 바르고 완전해서 이제는 내 힘이 미치지 못하는 곳에 있다네."

단테는 대선배 시인 비르질리오의 말을 듣고 말할 수 없는 감격에 사로잡혔다.

　단테는 절벽 위로 겨우 기어 올라가 지상의 낙원에 오를 수 있었다. 그곳에는 아름다운 향기가 섞인 바람이 불어왔다. 단테는 북쪽으로 흐르는 레떼 강의 경치를 바라보았다. 단테의 머릿속에는 문득 어젯밤에 꿈에 나타났던 아름다운 레아 아가씨가 꽃 속에서 거닐고 있는 것을 느꼈다. 그는 레아에 가까이 다가가 낙원에 관한 얘기를 나누면서 혼자 생각했다.

　'이곳에는 지상에서처럼 숲과 강이 있어 스타시오에게서 들은 것과는 다르군.'

　그러자 레아는 단테의 혼잣말을 알아들었는지 '그렇지 않습니다. 하느님은 아무나 이곳에 두지 않습니다. 아담과 이브 같은 사람은 이곳에 두지 않습니다.' 라고 말했다. 하느님이 태초에 아담과 이브에게 주었던 지상의 낙원은 본래 고통도 슬픔도 걱정도 없는 즐거운 곳이었다. 그러나 어느 날 뱀이 나타나 이브를 유혹하여 하느님이 금지한 선악과를 따먹었다. 그로 인해 아담과 이브는 하느님의 벌을 받아 낙원에서 쫓겨나고 말았다. 그 후부터 지상의 낙원은 마음이 정결한 사람과 연옥에서 고행을 통해 속죄한 사람만 갈 수 있는 곳이 되고 말았던 것이다.

　단테와 레아가 레떼 강을 사이에 두고 동쪽으로 향해 나란히 걸어갔다.

그때 레아가 단테에게 갑자기 '잘 들어보세요!' 하고 말했다. 단테가 귀를 기울이자 번갯불이 번쩍 하고 숲을 지나갔고, 음악소리가 들렸다.

단테가 얼마쯤 더 갔을 때 일곱 그루의 황금 나무가 서 있었다. 가까이 다가가 보니 그것은 나무가 아니라 촛대였고, 들리는 음악은 찬미성가 호산나였다. 레아가 단테에게 말했다.

"뒤를 돌아보세요."

단테가 뒤를 돌아보니 흰 옷을 입은 24명의 노인이 걸어오고 있었다. 그들은 굳은 신앙심의 표양인 흰 백합꽃 화관을 머리에 쓰고 있었는데, 모두들 기도를 하고 있었다.

"은총이 가득하신 성모 마리아여, 기뻐하소서. 주님께서 함께 계시니 여인 중에 축복을 받으시고 태중의 아들인 성자 예수 그리스도 역시 축복을 받으셨도다…."

그들은 예수 그리스도에 대한 희망을 상징하는 녹색 잎으로 짠 관을 실은 네 마리의 동물과 함께 걸어오고 있었다. 네 마리의 짐승은 사자, 황소, 사람, 독수리의 형상을 하고 있었으며, 그들은 각각 6개의 날개를 갖고 있었다.

그리고 날개에는 모두 눈이 달려있었다. 그 행렬 속에는 두 개의 바퀴가 달린 마차가 그리포네에게 끌려가고 있었다. 그리포네는 얼굴은 날개를 가진 독수리인데 몸은 사자였다. 마차의 오른편에는 붉은 옷, 녹색 옷, 흰 옷

을 입은 여자가 걸어가
고 있었고, 마차의 왼편
으로는 자주색 옷을 입
은 네 명의 여자가 눈이
세 개 달린 사람의 안내
를 받으며 춤을 추고 걸
어가고 있었다. 그리고
마차의 뒤로는 점잖은
두 노인과 함께 번쩍거
리는 칼을 든 사람이 걸
어가고 있었다.

야곱 요단스의 네 명의 복음서 저자들.

　(여기서 네 마리의 동
물은 4복음서를 뜻한다. 두 바퀴의 마차는 교회를 뜻하고, 일곱 개의 촛대
는 교회의 7성사, 24명의 노인은 구약성서 중 24서를 뜻하고 있다. 그리고
마차의 오른쪽 세 사람 중에서 흰색 옷은 믿음, 녹색은 소망, 붉은 색은 사
랑이며, 왼편의 세 눈을 가진 사람은 과거 현재 미래를 나타내고, 네 사람
은 네 가지의 덕, 뒤쪽의 두 노인은 성 루가와 바오로이며, 칼을 가진 사람
은 성령을 나타낸다. 그리고 한 가운데서 마차를 끌고 있는 그리포네라는
동물은 신과 사람의 양성을 한 몸에 갖추고 있는 예수 그리스도가 교회를
이끌고 있음을 표현한 것이다.)

　그 중에 24명의 노인 중에 한 사람이 천사처럼 나타나서 말했다.

“신부여! 리바노에서 나와 함께 오시오.”

그가 세 번 노래를 부르자 다른 사람들이 모두 ‘할렐루야! 할렐루야!’ 하고 합창을 했다. 천사들도 이미 마차에 서서 ‘지금 오는 사람은 복되도다’ 고 노래하며 꽃들을 가득히 뿌리면서 ‘손에 든 백합을 뿌립시다’ 고 기뻐했다.

바로 그때 꽃구름 사이로 말할 수 없이 아름다운 여자가 나타났다. 여자는 흰 면사포 위에 올리브 잎으로 짠 관을 쓰고 녹색과 진홍색이 어울린 옷을 입고 있었다. 그 여자가 바로 단테가 어려서부터 지금까지 그리워하던 베아트리체였다. 단테는 10년 만에 만나는 그녀가 너무 눈부셨지만 잠시 후에 시력을 회복한다.

“단테여! 절 보세요. 제가 베아트리체예요. 그대는 왜 이곳에 오셨는지요. 이 낙원은 행복한 사람들만 사는 곳인 줄 알고 오셨나요?”

단테는 베아트리체가 자기 이름을 부르자 황홀감을 느꼈다. 단테는 베아트리체의 말을 들으면서 마치 어린아이가 어머니에게 꾸중을 듣는 것 같았다. 베아트리체가 계속 단테에게 말했다.

“그대가 잠자코 있어도 그대의 죄는 감추어지지 않아요. 하지만 자신이 죄를 통회하면 이곳의 재판은 엄격하지 않답니다. 그것은 마치 숫돌에 칼날을 갈면서 반대로 갈면 날이 무디어지는 것과 같답니다. 단테여! 눈물을 거두고 제 말을 잘 들으면 그대는 올바른 선택을 하게 될 겁니다. 만약 내가 죽어서 당신의 기쁨이 사라졌다고 한다면 현세를 다시 생각해보셨나요? 지상의 행복이란 한낱 뜬 구름 같은 것, 그 때문에 내가 죽은 것이 그대의 고통이 되어서는 안 되죠. 슬픈 생각이 드시면 얼굴을 들어 보세요."

단테는 베아트리체가 칼로 자신의 마음 구석구석을 마구 찌르는 것을 느꼈다. 지상에서 베아트리체가 죽었을 때 그는 얼마나 슬프고 고통스러웠던가. 하지만 이제 그녀의 말을 들으니 지상에서의 기쁨과 행복만을 바랐던 일들이 후회되면서 부끄러움을 느꼈다. 베아트리체의 말은 계속되었다.

"그대여, 이제는 두려워말고 부끄러워하지 말고 분명히 말하세요. 그대가 지상에서 알고 있던 것이 지금 내 말과 얼마나 다른가를 알겠죠?"

단테는 간신이 입을 열었다.

"나는 단 하루도 당신 생각을 안 한 날이 없었습니다. 그리고 그것이 나쁘다는 생각을 해본 적도 없었습니다."

베아트리체가 그 말을 듣고 웃으며 말했다.

"그대가 그것이 나쁘다고 생각해본 기억이 없다면 오늘 레테의 강에서 물을 마신 일을 꼭 기억해주시기 바라요. 그대가 그 물을 마셔야 했던 것은 잊고 싶은 죄가 있었던 증거입니다. 불이 없는 곳에서는 연기가 나지 않는 법이지요."

"아아! 빛이여. 여기 원천에서 흘러 둘로 갈라지는 에우노에 강과 레떼 강은 어떤 물인가요?"

단테가 물었다.

"에우노에 강은 레테 강과 같은 원천에서 나와 동쪽으로 흐르고 있는 강이지만 깨끗해진 영혼에게 착한 일을 한 기억을 회복하게 하는 강이지요. 제가 레아로 하여금 에우노에 강에 가서 그대에게 힘을 주도록 했지요."

베아트리체는 단테의 손을 잡으며 스타시오에게도 함께 가자고 권했다.
이렇게 정결한 강에서 마음을 정화한 단테는 천국으로 올라가는 사람들과
함께 깨끗해졌다.

이렇게 정결한 강에서 마음을 정화한 단테는 천국으로 올라가는 사람들과
함께 깨끗해졌다.

LA DIVINA COMMEDIA

제3부 **천국 편**

연옥 편

지옥 편

베아트리체의 천국

베아트리체는 하늘을 바라보고 있었다. 그녀의 눈빛은 화살이 과녁을 향해 날아드는 것처럼 빠른 속도로 태양을 향하고 있었다. 이윽고 베아트리체가 단테를 향해 기쁘게 말했다.

"단테님, 주님께 감사드리세요. 주님께서 우리를 첫째별로 인도해주셨습니다."

그들은 구름에 휩싸인 듯한 느낌을 받았다. 첫째별이란 지구에서 가장 가까운 달로 태양빛에 빛나는 금강석 같은 곳이었다. 그곳을 에워싸고 있는 둘레가 수성이고 그 다음은 순서대로 금성 화성 목성 토성 등 9개의 항성이 자리 잡고 있다. 하늘에는 그밖에 각기 다른 선하고 정결한 영혼과 천사들이 많았다. 천사들은 아홉 개의 하늘마다 제1 천사부터 서열 순으로 높낮이가 달랐다.

단테는 하늘의 넓은 세상을 떠나면서 몸이 새털처럼 가벼워졌으며, 몸과 영혼의 구별이 안 되었고, 자신은 물론 베아트리체의 존재조차 의식할 수가 없었다. 하늘의 움직임은 지구에서 가까운 곳은 느리게 움직였지만 지구에서 멀어질수록 속도가 빨리 붙었다. 그때 베아트리체가 단테에게 물었다.

"당신은 마치 꿈꾸는 것 같군요. 이제부터는 더 많은 것들을 보실 수 있

엘리자베타 시라니의 베아트리체.

을 거예요. 이곳은 이미 지상이 아닙니다.”

단테는 마음속의 갈등이 깨끗이 사라진 듯 했다.

“이런 느낌은 처음입니다. 내 몸이 어떻게 새털처럼 가볍게 날 수가 있는지요.”

“세상에는 하느님의 능력보다 놀라운 것은 없습니다. 이 세상은 하느님의 능력으로 움직이고 있으므로 우주는 균형을 유지하고 있는 것입니다. 따라서 우리는 하느님의 큰 바다 안에서 안전하게 항해를 할 수 있습니다. 우리가 탄 배는 최고의 선을 향해 가려는 본능과 원동력을 갖추고 있죠. 지상에서 최고의 예술품이 예술가의 고뇌를 통해서 창조되고 있는 것처럼 하느님에 의해 창조된 인간은 자유의지를 갖고 있어서 이성에 어긋나는 쾌락에 마음이 쏠려 하느님의 뜻을 배반하는 일이 있기도 합니다. 그것은 마치 불꽃은 위로 타오르지만 번개나 벼락처럼 아래로도 내려올 수 있다는 것에 비유할 수가 있습니다. 제 말씀을 이해하신다면 천국에 가시면서 겪는 일들이 조금도 이상하지 않을 것입니다. 당신은 아무 탈 없이 천국 여행을 하시겠지만 당신은 아직도 살아있는 영혼이라는 사실을 잊지 마십시오.”

베아트리체는 그렇게 말하고 조용히 얼굴을 하늘로 향했다.

옙떼의 부질없는 맹서

단테 일행은 작은 쪽배를 타고 베아트리체의 뒤를 따라 천국 순례에 나섰다. 베아트리체는 그들에게 뒤를 돌아보거나 깊은 바다 속으로 들어가지 말도록 주의를 주었다. 자칫 길을 잃고 헤매게 될지도 모르기 때문이었다. 단테 일행이 타고 있는 쪽배란 곧 예수 그리스도의 교리를 상징한다. 교리에 따라 삶을 사는 동안에는 다른 죄와 유혹에 빠지지 말라는 비유를 뜻하기도 한다.

그들이 항해하는 바다는 지금까지 한번도 사람이 건너간 적이 없는 곳이었다. 바다는 바람 한 점 없이 오직 미네르바의 숨소리에 의해 떠나가고 있었다. 쪽배는 예지의 여신 미네르바로 돛을 삼고, 빛과 노래의 신 아폴로로 키를 삼고, 예술의 신 뮤세로 나침판을 삼는다는 뜻이다. 이 말은 학문적 예술적 재능을 발휘하여 훌륭한 작품을 창조한다는 뜻도 된다.

지금 단테를 태운 쪽배는 아폴로의 신이 이끌고 있으며 9명은 북두쪽을 가리켜주고 있다. 단테는 베아트리체를 따라가면서 이상한 빛 무리를 보았다.

"저것은 달빛입니다. 우리들의 첫째별이죠."

달은 태양에 의해 빛나는 다이아몬드처럼 번쩍거리는 구름에 감싸여 있었다. 단테를 태운 쪽배는 화살처럼 빨리 달려 구름 속으로 들어갔다.

"베아트리체, 천국을 안내하
는 그대에게 어떻게 감사의 말
을 전해야 할지 모르겠소. 저
기 달의 표면에 보이는 검은
얼룩이 카인의 이야기에 나오
는 바로 그 그림자입니까?"

태초에 카인은 하느님께서
아벨이 바치는 제물만 받고 카
인의 제물은 거절함으로써 카
인이 시기와 질투심에 빠져 아
벨을 죽이고 숨어 다녔다. 그
죄악의 그늘이 달에서 그림자

만프레디의 '동생 아벨을 살해하는 카인.

로 나타나고 있다는 말을 단테는 전에 들은 적이 있었다. 곧이어 베아트리
체는 하느님이 창조한 피조물들이 지역에 따라 밝은 곳과 어두운 곳으로
구별되는 이유를 설명해주었다.

그때 단테의 눈을 사로잡는 것이 있었다. 어떤 여자가 투명한 유리 같은
바닥이 얕고 깨끗한 물에 영상처럼 비치고 있었다. 주위에 사람은 없었다.
베아트리체가 웃으며 말했다.

"저것은 영상이 아닙니다. 말을 걸어보세요."

단테는 그녀의 말대로 그 사람 가까이 다가갔다.

"당신은 누구시죠?"

그러자 그 여자가 온화한
얼굴로 입을 열었다.

"올바른 소망을 가진 사람
들에게 이곳의 문은 항상 열
려있습니다. 저는 지상에서
동정녀로 살았던 삐까르다입
니다. 저는 축복 받은 다른
사람들과 함께 이곳에 와서
행복한 나날을 보내고 있습
니다. 하느님의 축복이 당신
에게 내려 기뻐요."

단테는 삐까르다가 너무나
거룩한 모습이어서 처음에는
몰라봤으나 이름을 듣고 나
서야 누군가를 알았다. 삐까

성 글라라.

르다는 단테의 친척이었다. 그녀는 피렌체의 명문 집안인 도나띠 가문의 딸
로 성녀가 되겠다는 서약을 하고 글라라회에 가입했다. 아씨시의 성녀 글라
라는 귀족의 딸이었으나 일찍이 성스러운 덕망을 베푸는 일에 뜻이 깊어서
같은 마을의 아씨시의 성자 프란치스코의 감화를 받아 수도자가 되어
1212년에 동정 수녀회를 세웠다.

삐까르다는 바로 그 글라라회의 수녀가 되었던 것이다. 하지만 그 후에

그녀의 오빠 꼬르소가 강제로 그녀를 결혼시켰고, 빠까르다는 그 일로 심적 고통을 받고 죽었다. 비록 삐까르다는 성녀가 되기로 한 서약을 깨뜨렸으나 그것은 그녀의 자의가 아니었기 때문에 지금은 천국 중에서도 제3위에 해당하는 달의 하늘에 와 있었다.

단테는 삐까르다가 천국에 와 있는 것을 보고 너무 기뻤다.

"그대의 모습이 너무 거룩해서 내가 잠깐 몰라봤소. 참으로 행복해보입니다. 그대는 천국의 더 높은 위치로 가보고 싶은 생각이 있소?"

"아닙니다. 하느님의 축복을 받은 제가 더 이상 무엇을 바라겠습니까. 성글라라께서는 더 높은 곳에 계십니다. 지금 지상에서는 성 글라라의 뜻에 따라 성녀가 될 사람이 많습니다. 저 역시 소녀시절에 글라라회에 들어갔으나 본의 아니게 탈퇴하게 되었지요. 그 사연은 하느님이 더 잘 알고 계십니다. 그곳에는 저처럼 글라라회에서 강제로 탈퇴 당해 황후가 되신 시칠이아의 왕 룻제로 1세의 공주였던 꼬스딴사라는 분도 계십니다."

삐까르다는 그 말을 마치자 '아베마리아' 를 부르며 사라졌다. 그때 베아트리체가 말했다.

"달의 하늘에 있는 어떤 천사도, 심지어는 율법을 만든 모세조차도 딴 세계에 있는 것은 아니에요. 저들 천사들은 목숨이 햇수로 정해진 것이 아니라 영원히 삽니다. 단지 그들이 타고 있는 쪽배의 기운의 차이에 따라 도착하는 항구가 다를 뿐이랍니다. 그래서 지상에서 읽고 있는 성서는 당신들의 이해력을 돕기 위해 많은 힘을 주었습니다. 대천사 가브리엘과 사탄을 멸망시킨 대천사 미카엘, 그리고 신심이 깊은 이스라엘 사람 또비아의 눈을 뜨게 한 대천사 라파엘은 인간의 모습을 하고 지상에 나타난 천사들입니다. 인간의 영혼은 하느님께서 창조하셨고, 지상에서 살린 다음 육체를 거둔 후에는 다시 하느님에게 되돌려집니다. 순교자 로렌쏘는 황제 바레리아노의 박해를 받아 철판 불 위에서 타죽었지만 그 영혼은 끝내 하느님의 뜻을 저버리지 않았습니다. 무씨오를 아시죠? 그는 로마의 청년으로 로마를 침공한 뽀르센나 왕을 죽이려다가 붙들렸습니다만 실패의 원인이 자신의 오른손 탓으로 여겨 왕 앞에서 자기 손을 불 속에 넣어 태웠습니다. 그만큼 의지가 강한 사람이었죠. 당신은 그런 사실들을 잘 명심하여 강한 의지를 길러야 합니다. 당신의 눈앞에는 하나의 관문이 있습니다. 속세에서는 그 관문을 뚫기 위해 불의를 저지릅니다. 그때 굳은 의지가 필요합니다. 그리고 아까 삐까르다가 당신에게 얘기해준 의지도 소중하다는 것을 명심하십시오."

"잘 알겠습니다. 하지만 한 가지 의문이 있어요. 누구나 하느님에게 맹서를 합니다. 하지만 하느님과의 약속을 깨뜨리는 일은 가장 큰 죄악이라고 생각됩니다만 만일 그 서약 자체가 옳지 않았을 때는 그 죄를 어떻게 보상할 수 있겠습니까?"

그러자 베아트리체의 눈빛은 눈부시게 반짝거려서 단테는 정신이 없었다.

"누구나 하느님께 맹서하는 것은 자유지만 경솔해서는 안 됩니다. 당신은 지금 스스로 한 맹서를 파괴하는 방법을 묻고 계신 것입니다만 일단 맹서한 이상 취소할 수는 없다고 봅니다. 제가 옛날 옙떼 장군의 예를 들어보겠습니다. 옙떼 장군은 암몬과의 전쟁에서 이기고 돌아갈 수만 있다면 '누구든지 내 집 문에서 나와서 나를 영접하는 그를 여호와께 돌릴 것이니 내가 그를 희생으로 드리겠나이다' 라고 서약을 했습니다. 그러나 뜻밖에도 자신의 사랑하는 외동딸이 북을 치며 환영을 나왔던 것입니다. 옙떼는 할 수 없이 죄 없는 딸을 부질없는 하느님과의 맹서 때문에 죽여야 했습니다. 또 그리스의 장군 아가멤논은 트로이 전쟁 중에 젊고 예쁜 자신의 딸 이피게네이아를 제물로 바쳐 신들에게 트로이 공격을 위해 순풍을 보내달라고 빌었습니다. 그 이유는 그 해에 출생한 아이 중에서 가장 아름다운 아이를 디아나 여신에게 바치겠다는 부질없는 맹서를 했기 때문이었습니다. 따라서 하느님을 믿는 사람은 바람에 날리는 깃털처럼 가볍게 서약을 해서는 안 됩니다.”

베아트리체는 단테가 이해할 수 있도록 설명을 마치고 또 다시 태양의 위쪽을 향해 올라가기 시작했다.

대제 유스티니아누스의 명예

베아트리체는 태양의 위쪽으로 올라가면서 더욱 매혹적으로 아름다웠다. 단테는 제2의 천국인 수성을 향해 빠르게 날아갔다. 별들이 그들을 보고 환영하는 소리가 들렸다.

"영원한 기쁨의 천국에 오시는 이여! 그대들도 이곳의 우리들처럼 찬란히 빛나기를!"

단테는 그에게 말을 거는 사람을 향해 물었다.

"그대는 누구시기에 이처럼 영광된 천국의 자리에 계십니까?"

"나는 서기 330년에 제국의 수도를 로마에서 비잔틴으로 옮겨 그 수도 이름을 자신의 이름인 콘스탄티노플로 지은 로마 황제 콘스탄티누스가 제국을 다스린 지 2백년 후에 황제에 오른 유스티니아누스 대제입니다."

단테는 그 말에 놀랐다. 유스티니아누스 대제는 교황 아가삐도 1세로부터 신앙의 가르침을 받아 로마제국을 다스렸으며 교황의 뜻을 받들기 위해 노력한 황제였다. 그는 국방의 책임을 동로마의 장군 벨리사리오에게 맡겼다. 벨리사리오 장군은 본래 평민 출신으로 황제의 근위병이 된 후, 페르시아 전쟁에서 승리를 이끌면서 주변국을 크게 확장하여 지배했으며 니까의 반란을 평정하여 황제를 위기에서 구한 공로가 컸다.

클림트가 그린 유스티니아누스 황제(가운데).

유스티니아누스는 거기에서 힘을 얻어 그 유명한 로마법전을 완성한 황제였다. 단테는 유스티니아누스 황제가 카알 대제 이후 가장 이상적인 제국의 황제로 여겼을 뿐만 아니라 하느님의 섭리가 황제를 통해서 구현되었다고 믿었다. 그러나 지금 로마는 황족파 기벨리니 당과 교회파 궬휘당이 분열되어 극심한 권력투쟁을 하고 있는 중이었다.

"…지금 로마의 정세를 보면 안타깝기 그지없습니다."

유스티니아누스 대제는 단테에게 그렇게 말하면서 로마의 분쟁에 관해서 깊은 얘기를 나누었다. 단테는 그와 아에네이스를 위해 파견된 왕자 빨란떼가 희생된 이야기, 라씨오 왕국의 명문가 꾸리씨우스 가문과 로마의 호라씨우스 가문과의 싸움 등 로마 제국의 역사에 관한 얘기를 나누었으며, 끝으로 수성이 어떤 별인지에 대해서도 설명해주었다. 단테 시대에는 천문학적으로 수성이 가장 작은 별로 알려져 있었다.

"이곳 수성에는 명예를 위해 헌신한 영혼들이 머무는 곳입니다. 나는 살아있을 때 하느님 사업과 세속 사업에 마음이 반반씩 빼앗겨 있었습니다만 이곳에서는 오직 정의로운 일에만 집중할 수 있어서 행복합니다. 바로 내 곁에서 빛나고 있는 분은 로메오입니다."

로메오는 프로벤자의 라몬드 백작의 집안 관리인이었다. 백작이 죽은 후에는 재상의 자리에 올라 라몬드 백작의 넷째 딸인 베아트리체의 후견인이 되어 그녀를 잘 보살폈다. 그러나 귀족들이 그를 시기하고 모함하자 어느 날 당나귀를 타고 몰래 집에서 빠져나가 자취를 감춘 것으로 알려졌다. 단테는 당시 로메오가 실종된 것을 알고 있었으므로 그의 소식을 천국에서 듣게 되자 놀랄 수밖에 없었다.

곧이어 유스티니아누스는 라틴어로 '호산나, 성스러운 주님께서 천국에서 은총을 받은 사람들을 비추시네' 라는 노래를 부르며 불꽃처럼 사라졌다.

하느님이 내려준 의무

　예전에 지상에서 이교도들의 세력이 컸을 때, 사이프러스 섬에서 태어난 아름다운 사랑의 여신 베네레는 천국에서 사랑의 빛을 내뿜으면서 별처럼 돌고 있다고 생각하고 있었다. 따라서 그 무렵에는 사람들이 베네레를 여신으로 우러렀다. 단테는 그런 생각에 사로잡힌 채 인간에게 진리를 전해준 예수 그리스도에 대해 감사하는 마음이 떠올랐다.

　그리고 문득 베아트리체가 자기를 제3의 금성으로 안내하고 있다는 것을 깨달았다. 그의 눈앞에는 수많은 작은 별빛들이 새벽하늘에서 불꽃처럼 반짝이는 것을 지켜보았다. 그 별들은 때로는 느리게 때로는 빠르게 이동하고 있었다. 그러는 가운데 두 사람을 태운 쪽배는 화살처럼 빨리 금성 하늘에 도착했다.

　"우리는 모두 사랑하는 마음으로 가득 차 있습니다. 그대들을 환영합니다. 이곳에서 부디 쉬어가시기를!"

　그때 찬미의 호산나를 부르며 단테를 향해 다가오는 영혼의 무리들이 있었다. 단테는 그들에게 누구냐고 물었다. 그러자 그 중에 한 사람이 말했다.

　"나는 지상에서 아주 짧은 삶을 살았던 사람입니다. 내가 좀 더 오래 나폴리 왕국에 살았다면 그렇게 크고 많은 재앙들은 없었을 것입니다. 지금 나에게는 기쁨이 충만합니다. 당신은 주위의 빛들 때문에 내가 누군지 알아보기 힘들 것이지만 나는 당신의 사랑을 마음껏 받았던 사람입니다. 내가 좀 더 오래 지상에서 살았다면 당신을 더 사랑할 수 있었을 것입니다. 로오다노 강과 솔가 강이 합류하는 왼쪽 언덕의 프로방스는 카를로 1세 때 나폴리의 왕국이었는데 카를로 2세가 죽은 후에는 당연히 나폴리 왕국의 후계자가 다스릴 것으로 생각하고 있었습니다."

단테는 그 순간 그가 바로 로베르또로부터 왕권을 박탈한 카를로 마르텔로라는 것을 알았다. 카를로 마르텔로는 헝가리의 왕으로 피렌체에 온 적이 있어서 단테와도 아는 사이였다. 단테는 기쁜 마음으로 그의 말에 귀를 기울이고 있었다. 그는 계속 말을 이어나갔다.

"프로방스는 당연히 내가 다스려야 했음에도 불구하고 내 동생 로베르또에게 귀속되고 나는 다뉴브 강이 흘러내리는 독일 땅 옆의 헝가리 왕이 된 것입니다. 내게는 그렇게 불행이 꼬리를 이었습니다."

단테가 마침내 입을 열었다.

"당신을 여기서 만나다니 정말 기쁩니다. 당신 같은 훌륭한 분이 어떻게 로베르또 같은 나쁜 동생을 두었는지 모르겠군요."

"그것은 하느님밖에 모르는 비밀입니다. 인간은 누구나 하느님이 창조해 주신 대로 살아야 하는 것이죠. 형제라고 해서 성격이 같다고 말할 수는 없습니다. 그리스의 7명의 현자 중의 한 사람이자 아테네의 입법관이었던 솔로네는 법관으로 태어났습니다. 세르세는 군인으로 태어났고, 멜키세딕은 사제가 될 재목과 덕을 갖고 태어났지요. 그 모두가 하느님의 섭리일 뿐입니다. 이삭의 아들 에소와 야곱은 쌍둥이었지만 두 사람의 성격은 판이했습니다. 에소는 거칠고 사냥꾼 기질이 있었고, 야곱은 온순해서 양떼를 몰았지만 이삭의 후계자가 되어 크게 성공했습니다. 이처럼 사람들은 각자 타고난대로 자신에게 알맞은 일을 해야 합니다. 따라서 군인으로 태어난 자가 사제가 되려고 한다거나 설교를 잘하는 사람이 왕이 되려고 하는 것은 하느님의 뜻을 거스르는 것이어서 불행으로 이어지는 것입니다.”

단테는 그 말을 듣는 순간 하느님께서 자신에게 무엇을 바라셨는지 분명히 깨달을 수가 있었다.

성 프란치스코와 성 도미니코

베아트리체는 단테를 데리고 그 다음 방문지로 예정된 제4의 천국인 태양의 하늘에 도착했다. 그곳에는 세상에 살던 학자와 성인들이 살고 있었고, 지금까지 어느 곳에서도 볼 수 없던 눈부신 빛이 비치고 있었다. 단테는 그들과 간절히 만나고 싶었다. 그때 베아트리체가 단테에게 말했다.

"여기까지 올 수 있도록 허락하신 하느님께 감사합니다."

이윽고 번쩍번쩍 빛나는 별들이 단테의 주위로 몰려들기 시작했다. 그 정교한 아름다움은 말로 표현할 수가 없었다. 그와 함께 노랫소리도 들려왔다. 별들은 꽃들의 화환이 되어 두 사람을 에워싸면서 춤을 추고 돌며 환호성을 지르기도 했다.

"단테여, 이곳에 온 것을 환영합니다. 나는 성 도미니꼬 회에 소속되었던 토마스 아퀴나스입니다. 그리고 제 곁에 계신 분은 신학자이자 철학자인 알베르또 선생입니다. 그리고 그 옆쪽의 깨끗한 빛은 교회법의 토대를 닦은 베네딕토회의 그라시안, 그 옆에는 교회에서 소중하게 여기는 교집법 제4집을 쓴 신학자 피에트로 롬바르, 그 옆은 다윗 왕의 아들 사로몽입니다. 사로몽의 행방에 대해서는 지상에서 크게 화제가 되었을 것입니다만 그는 지금 우리와 함께 있습니다. 그 옆은 아레오 산의 재판관 디오니시오입니

새들에게 설교하는 성 프란치스코.

다. 디오니시오는 바오로의 가르침을 받은 학자로 천사들의 자격 조건을 분류해서 발표한 분이십니다. 그 옆에는 성 아우구스티누스의 암시를 받아 책을 쓴 유명한 파올로 오시오입니다. 그는 그 책에서 이교도들의 주장에 반박하고 예수 그리스도로 인해서 로마 제국이 멸망한 것이 아니라는 것을 밝혔습니다. 그리고 로마의 정치가이자 철학자인 보에씨오, 스페인의 철학자 이시도로, 영국의 교회사를 쓴 베다이니, 프랑스 파리의 성뷔똘 수도원장 리까르또, 파리대학의 철학교수 시지에르입니다. 이곳의 빛들은 영원히 꺼지지 않습니다."

성 도미니코.

단테는 베아트리체와 함께 토마스 아퀴나스의 말을 감동적으로 듣고 있었다.

"…하느님께서는 지상의 인간들이 죽은 후에 천국으로 들어올 수 있도록 안내하고 지도할 수 있는 두 분의 선생님을 선택하셨습니다. 그 중 한 사람은 세라핌 같이 사랑의 빛을 붙들고 있는 이탈리아의 아씨시의 성 프란치스코와 학문의 지도자 성 도미니코입니다. 나는 도미니코 수도회의 소속이지만 성 프란치스코회를 창설한 아씨시의 프란치스코에 관한 얘기를 좀 더 하고 싶습니다. 이탈리아의 아름다운 스바시오 산기슭에는 아씨시라는 도시가 있습니다. 포도나무와 감람나무가 무성한 움부리아의 들에서 조금 떨어진 곳이죠. 프란치스코는 그곳의 직물상 베르나르도와 마돈나 삐가의 사이에서 마치 예수님처럼 마구간의 짚더미 위에서 태어났습니다. 그는 부잣집 아들이면서도 가난하게 살며 수도 생활을 하면서 복음을 전한 이야기는 수많은 사람들에게 감동을 전해주었으며 성 프란치스코 수도회의 기초를 세웠던 것입니다."

　이어서 성 도미니코에서 사랑의 빛을 받은 영혼 보나벤트라가 단테에게 말했다.

　"성 도미니코는 스페인의 깔라노 태생입니다. 그의 어머니는 그를 낳기 전에 한 마리의 개가 불길을 입에 물고 돌면서 세상을 불에 태워버리는 태몽을 꾸었습니다. 도미니코는 세례를 받고 서약을 한 후에는 학문에 정진하여 이교도들의 불길을 진정시켰습니다. 그는 도미니코회를 창립했으며 예수 그리스도의 가르침을 학문으로 넓힌 교회의 지도자로서 큰 존경을 받은 분입니다. 이제 성 프란치스코 수도회와 성 도미니코 수도회는 전 세계의 교회를 이끄는 두 개의 수레바퀴입니다. 내 곁에는 예언자 나탄, 대주교 크리소스토모, 그리고 성 안셀로마틴, 문법의 대가 도나토 같은 학자와 성인들이 있습니다."

　보나벤트라의 본명은 조반니 휘단차인데 그는 중병에 걸렸으나 성 프란치스코에 의해 치유 은사를 받고 행운이라는 뜻의 '보나벤트라!' 라고 외쳤다. 그의 어머니는 그의 이름을 보나벤트라로 바꾸었다. 그는 그후 프란치스코 수도회에 들어가 1256년에 수도회 원장이 되었으며 성 프란치스코 전기를 저술했다.

까치아구이다의 피렌체에 관한 증언

단테가 태양천의 빛들과 얘기를 나눈 후에 하늘을 쳐다보고 있을 때 지금까지 없었던 두 개의 꽃다발처럼 보이는 빛들이 빛나고 있었다. 그것은 성령의 불꽃이었다. 단테의 몸은 지금도 여전히 위로 솟구쳐 오르고 있었다. 주위의 별들은 더욱 밝아졌다. 이곳은 수성천 안쪽 원에서 가장 거룩한 별인 솔로몬의 혼이다.

솔로몬은 천국에 있는 광휘로운 빛들이 육체가 부활한 후에는 어떻게 되는가를 설명했다. 이어서 단테와 베아트리체는 다섯 번째 하늘로 올라갔다. 이곳 화성천에서는 신앙을 위해 싸우다 죽은 자들의 영혼이 십자가의 형태로 나란히 빛나고 있었다. 단테는 진심으로 감사의 기도를 올렸다. 그러자 빛들은 더욱더 밝아져서 단테의 감사를 환영했다. 이어 별들은 점차 모여서 하늘에 커다란 십자가의 모양을 이루면서 찬미와 감사의 노래가 이어졌다.

"오오! 하느님의 충만한 은혜여! 천국의 문은 누구를 위하여 열리는 것입니까?"

단테는 깜짝 놀라 웃고 있는 베아트리체를 쳐다보았다. 그들은 계속해서 천국의 더 높은 쪽을 향해 솟아오르면서 영혼도 더욱 깨끗해졌다. 단테는 점차 신비한 느낌 속으로 빠져들고 있었다.

그러나 그런 신비로움도 단테는 이해하지 않으면 안 되었다. 단테의 귀에는 계속 찬미의 기도소리가 들려왔다.

"삼위일체이신 주 하느님, 저희들에게 은총을 베풀어주셔서 감사합니다. 저는 당신의 안내자 베아트리체의 은혜를 받아 더욱 더 충만한 기쁨에 사로잡혀 있습니다. 모든 숫자들이 하나에서 시작하듯이 이곳의 모든 별들은 하느님의 빛을 받아야 비로소 빛나기 시작하는 것입니다."

마침내 단테가 입을 열었다.

"하느님이 당신들 앞에 나타나셨을 때 당신들의 사랑과 지혜의 마음이 동시에 움직였겠지요? 하지만 당신들도 잘 알고 있듯이 평범한 인간은 하느님께 바라는 소망의 기도가 제각각 달라서 조화와 균형을 이룰 수 없습니다. 나도 그 중의 하나일 뿐입니다. 저를 마치 아버지처럼 맞아주시는 여러분에게 오직 마음으로만 감사드림을 용서해주십시오. 당신이 누군지 저에게 말씀해주시지 않겠습니까?"

그러자 그들 중에 하나가 말했다.

"나는 너의 선조 중의 한 사람인 알리기에리라는 사람이다. 네가 여길 방문하게 된다는 것을 오래 전에 알고 기다리고 있었다. 내 아들이자 너의 증조부 할아버지이신 알리기에리는 지금 연옥의 교만의 언덕에서 1백년 이상이나 고행을 하고 있는 중이다. 너는 증조부 할아버지가 하루 속히 그 언덕에서 벗어날 수 있도록 열심히 기도해주기 바란다. 내가 태어난 피렌체는 옛 성벽에 둘러싸인 아주 조용하고 아늑한 곳이었지. 명문가의 부인들은 화려한 옷을 삼가고 부지런히 일해서 손수 짠 옷감으로 옷을 해 입었으며 모두들 검소한 옷을 입고 열심히 일만 하면서 살았지. 사람들은 서로 믿고 화기애애한 평화로운 곳이었네. 나는 그런 좋은 시절에 태어나 성당에 가서 영세를 받았고, 가톨릭 신자로 까치아구이다라는 영세명을 갖게 되었네. 나는 자라서 꾸르라도 황제를 받드는 군인이 되어 기마병으로 활약했다네. 그때 마침 회교도들이 우리 교회의 복음 전도를 막고 방해하며 훼방을 놓기 시작했었네. 우리는 회교 세력을 저지하기 위해 군대를 동원하여 예수 그리스도를 위해 싸워야 했네. 나도 물론 전쟁에 참가했지. 십자군의 전쟁에서 십자군의 기사가 되었던 나는 전쟁터에서 전사했네. 나는 하느님의 전사로 싸운 순교자가 되어 지금은 이 천국의 화성천에 와 있다네."

단테는 그 말을 듣고 속으로 기뻤다. 자신이 십자군 기사의 후손이라는 사실을 알고 나자 자신은 하느님의 명예로운 책임을 다하지 못한 부끄러움에 사로잡혔다.

"아아! 선조님, 당신은 나보다 뛰어난 힘을 가지셨습니다. 저를 잘 인도해주시고 저희 선조의 얘기를 더 해주십시오."

까치아구이다는 단테에게 라틴어로 12세기 초기의 피렌체가 얼마나 컸는지, 인구며 당시의 유력한 귀족과 명문가에 대해서 설명해주었다. 피렌체는 시골 출신으로 자수성가한 자들이 피렌체 귀족들과 섞이면서 퇴폐와 몰락의 길을 걷기 시작했으며, 그 직접적인 원인은 부온텔몬테와 아미디 가문 사이의 혼약 파기에 따른 싸움을 꼽았다.

보온텔몬데는 그레베 골짜기에 살고 있었으므로 피렌체에 오려면 에마 강을 건너야 했다. 피렌체의 아미디 가문은 부온델몬테 가문과 혼약이 파기

되자 모욕에 격노하여 1215년에 부온델몬테를 살해한다. 그것이 원인이 되어 피렌체는 황제당과 교황당으로 분열되어 내란 상태에 빠진다. 피렌체의 국화는 백합꽃이었다. 따라서 싸움에서 승리한 당은 상대방의 기를 장대끝에 매달아 땅바닥에 끌고 다니는 관습이 생겼다. 까치아구이다는 피렌체가 패망의 길을 걷게 된 과정을 단테에게 자세히 설명해주었다.

단테는 까치아구이다에게 다시 물었다.

"선조님, 저는 시인 비르질리오 선생님의 안내로 지옥과 연옥을 여행하는 동안 나의 미래에 관해서 예언한 분이 있다는 말을 들었습니다. 만일 당신께서 아신다면 제 미래에 관한 고견을 듣고 싶습니다. 저는 제 미래의 운명에 대해서 알게 되더라도 조금도 놀라지 않을 것입니다."

"그렇다면 말해주마. 너는 성직을 사고파는 교황 보니파치오 8세를 에워싸고 있는 악한 무리들로 인해서 피렌체에서 추방될 것이다. 그때 너는 가장 사랑하는 사람을 잃게 되며, 남의 땅을 먹는 것이 얼마나 쓴 일인지, 그리고 남의 층계를 오르내리는 것이 얼마나 괴로운 일인지도 알게 될 것이다. 자넨 당을 떠나서 혼자 일하는 것이 좋겠네. 악의 무리들은 자네를 추방한 후 더욱 기승을 부리겠지. 자네는 롬바르디아의 스까리젤리 가문의 발또로메오의 집에 피신하여 머물게 될 것이네."

"선조님, 제가 피렌체에서 추방되면 시를 쓰면서 위로를 받겠습니다. 제가 지옥과 연옥을 거쳐서 천국에서 보고 듣고 느낀 것을 시로 써서 발표하면 저를 미워할 사람이 많을 것입니다. 하지만 그게 두려워 쓰지 못하면 제가 시로 남길 공적이 없습니다."

"네가 쓴 시를 읽고 양심에 꺼린 사람들은 모두 널 미워하고 증오하겠지. 하지만 넌 네가 여기서 본 것들을 하나도 빠짐없이 당당히 써야한다. 그 시를 읽는 사람들은 처음에는 맛이 이상해서 얼굴을 찡그리겠지만 뱃속에 들어가서 소화가 되면 살이 되고 피가 되어 유익할 것이네. 네 시에 나오는 사람들은 모두 유명한 인사들이 많으니 태풍이 불 걸세."

까치아구이다는 단테를 위로하고 용기를 주었다. 이윽고 베아트리체가 단테에게 떠날 시간이 되었다고 말하자 까치아구이다가 서둘러 말했다.

"이곳 화성천에는 행복한 영혼들이 아직 많다. 저길 보아라. 저 빠른 빛의 속도로 십자가 속에 달리는 빛은 모세의 후계자로 가나안 땅으로 들어가 이스라엘을 다스린 죠수아이다. 그 뒤를 달리고 있는 빛은 유대를 세운 공로자 마키오베, 그리고 사라센과 싸운 용감한 신성로마제국의 첫 황제 까를로마노와 당대의 전설적인 영웅 오를란드를 보게."

까치아구이다는 말을 마친 후에 안심한 듯 그들 빛 속으로 달려갔다.

너희들 지상의 재판관들에게 말한다

단테는 베아트리체의 모습이 갈수록 아름답게 변해가는 것을 알았다. 그녀의 모습은 마치 사람이 부끄러울 때 얼굴색이 붉게 변하는 것처럼 하늘역시 붉은 빛에서 흰 빛으로 변하는 것과 같았다. 이윽고 그곳에 모인 별들은 모두 D자나 I자를 이룬 흰 별들이었다. 별들은 모였다 흩어졌다가 '정의를 사랑하라DILIGITE' 라는 글자를 만들었고, 잠시 후에는 다시 '너희들 지상의 재판관들이여QUI JUDICATIS TERRAM' 라는 글자를 그렸다.

별들은 붉은 빛을 띤 화성의 열기와 토성의 냉기 중간에 해당하는 은빛을 하고 있어서 어느 쪽으로도 기울지 않았다. 마치 지상의 사람들에게 본받아서 정의를 사랑하라는 것처럼 성령의 빛글자를 보여주었다. 그 가운데 M자가 특별히 단테의 눈에 띠었다. 그것은 마친 네온사인에 불이 붙은 것같아 보였다. 이윽고 그 M자 위에서 머리가 나와서 한 마리의 독수리 모양이 되었다.

독수리는 로마제국을 상징하는 새로써 정의를 대표한다. 하지만 지상의 교회 안에는 늘 정의가 연기처럼 가려져 있다. 교회 안에서 파문을 위협하는 권력을 행사하고 이득을 추구하는 교황이 있다. 그런 일을 자행하는 교황은 얼마나 불쌍한 존재인가. 저들 교황들은 이미 지옥에서 수없이 보았다.

로마제국을 상징하는 쌍독수리.

독수리 모습을 한 영혼이 단테를 향해 날아왔다.

"저희는 늘 옳은 일만 하고 하느님을 섬겼기 때문에 지금은 이곳에 있습니다."

단테가 곧 그들에게 말했다.

"하늘에서 빛나는 당신의 입김을 받고 싶습니다. 당신의 말씀을 듣고 싶습니다."

그러자 독수리가 단테에게 하느님의 빛을 모르고 지상의 어둠 속에서 죄를 짓고 있는 사람들이 얼마나 많은지를 예를 들어 설명해주었다. 인간은 하느님의 빛을 반사시키는 거울 같은 것이다. 따라서 훌륭한 거울은 하느님의 정의를 그대로 지상에 보일 수가 있지만 나쁜 거울이라면 본래의 올바른 모습마저 바뀌어 보인다. 그것은 마치 입으로는 예수 그리스도를 외치면서 불의를 행하는 에티오피아 사람들을 예로 들었다. 단테가 천사의 노래를 듣고 있는 동안 아까처럼 독수리의 부리가 말했다.

"잘 보시오. 독수리 형상의 빛 속에도 눈이 되어 빛나는 영혼이 있습니다. 거리에서 하느님의 계약의 궤를 나르고 있는 분은 시인 다윗 왕입니다. 그리고 입부리에서 가장 가까운 빛은 과부와 어린이 등 불쌍한 사람들을 위했던 트리아노 황제입니다. 그 분은 전에 고행을 했습니다만 후에 그레고리오 교황의 기도로 이곳 천국에 왔습니다. 그는 지금도 예수 그리스도를 따르는 일이 얼마나 소중한 일인지를 강조하고 있습니다. 그 다음은 죽기 직전에 진심으로 죄를 뉘우친 자들이 있습니다. 그 중에는 15년이나 생명을 연장시킨 유대왕 히제키아가 있습니다. 그는 기도와 회개가 지상에서 얼마나 중요한가를 일깨워주고 있습니다. 그 다음은 전 황제 콘스탄티누스 1세입니다. 그는 교황에게 로마를 양보하고 스스로 그리스로 수도를 옮겨간 사람입니다. 그리고 낮은 곳에서 빛나는 이는 선한 시칠리아 왕 구리엘모 2세입니다. 그 다음은 정의로써 나라를 지키다 전사한 트로이의 리페우스입니다."

"그들은 왜 천국에 올 수 있었습니까?"

"트리야누스 황제나 리페우스는 예수 그리스도보다 먼저 이 세상에 살았

던 사람들입니다만 그들은 그리스도가 오신다는 것을 알고 믿음과 소망과
사랑을 가지고 살았던 사람들입니다. 비록 1천 년 전 사람도 예수 그리스
도 오심을 기다리던 사람들은 천국에 올 수가 있습니다."

단테는 그 말을 듣고 전에 림보에서 비르질리오 선생에게 들은 일을 생
각하고 이교도나 그리스도 이전의 사람들이라도 어떤 마음가짐을 갖고 살
았느냐에 따라 구원을 받고 천국에 갈 수 있느냐 없느냐가 판단된다는 것
을 알았다.

야곱의 사다리

단테는 마침내 베아트리체의 안내로 제7의 토성천에 닿았다. 베아트리체는 더욱 휘황찬란한 빛에 감싸여 바라볼 수조차 없었다. 단테는 눈이 부셨다. 그러자 그녀는 웃음을 감추고 단테에게 말했다.

"만약 내가 웃으면 마치 죠베와의 신을 보려다가 불타죽어 재로 변했을 때의 세멜레처럼 될 것입니다. 저는 영원한 집의 층계를 더욱 높이 올라갈수록 한층 더 아름답게 불타오릅니다. 만약 그대가 조심하지 않으면 그 빛살에 맞아 벼락 맞은 나무처럼 되어버릴지도 모릅니다. 여기는 제7의 토성천이니 정신을 바짝 차리세요."

세멜레는 그리스 신화에서 카드모스의 딸로 제우스를 사랑했다. 그러나 제우스의 아내 유노의 꾀임에 빠져 휘황찬란하게 빛나는 제우스를 정면으로 바라보았기 때문에 불타서 재가 되고 말았다. 단테가 위를 올려다보니 무지개 같은 아름다운 야곱의 사다리가 하늘에 걸려있고, 천사들이 오르내리고 있었다. 토성천에는 기도하는 영혼들이 머물러 있는 곳이었다. 아브라함에게는 야곱과 이삭 쌍둥이 형제를 두었는데 야곱은 어느 날 현인 에소의 노여움을 받아 라반으로 달아나는 길에 돌베개를 베고 잠깐 잠든 사이에 꿈을 꾸었다. 꿈속에는 하늘에서 내려온 사다리가 보였고, 천사들이 오르

블레이크의 '야곱의 사다리'.

내리고 있었다. 그때 그는 하느님의 소리를 들었다.

"지금 네가 잠들고 있는 땅을 네 후손에게 주겠다. 네 후손들은 축복을 받아 크게 번성하고 널리 퍼질 것이다. 나는 네가 어딜 가나 널 보호하고 도와줄 것이며 너를 이 땅에 데려올 것이다."

꿈에서 깨어난 야곱은 깜짝 놀라서 · '하느님, 어디 계시옵니까. 저는 당신이 어디 계신지 까맣게 모르고 있었습니다. 이 땅이 바로 하느님의 집이오 문이옵니까?' 하고 외쳤다. 야곱은 마침내 돌베개를 세워 기름을 부어 하느님에게 제사를 지내고 평생 하느님에게 봉사하며 살 것을 맹서했다. 야곱의 기도 생활 덕분에 이스라엘은 점차 번영하게 되었다.

그때 사다리에서 내려온 빛의 천사가 단테에게 가까이 다가왔다. 단테는 속으로 그녀가 자신을 사랑하는 마음은 알 수 있지만 자신이 언제 베아트리체에게 말을 꺼내고 언제 침묵을 지켜야하는지 몰라서 항상 당황했다. 그래서 빛의 천사가 그것을 일러주었으면 싶었다.

바로 그때 베아트리체는 단테의 기분을 알아차리고 '천사에게 무엇이든지 알고 싶은 것이 있으면 물어보라' 고 말했다. 단테는 용기를 내어 물었다.

"저는 당신에게 질문할 만한 자격도 없는 사람입니다만, 한 가지 묻겠습니다. 당신은 어찌하여 우리 곁에 오셨습니까? 그리고 지금까지 하늘에서는 멋진 음악이 들렸습니다만 여긴 왜 이처럼 조용하기만 합니까?"

"제가 여기 온 것은 단지 그 노래와 빛으로 당신을 모시기 위해서일 뿐입니다. 그리고 노래가 들리지 않는 것은 당신이 지상에서 사는데 필요한 귀와 눈을 가졌기 때문입니다. 만일 여기서 음악을 들려드리면 당신의 귀는 고막이 터질지도 모릅니다."

단테는 많은 천사들 중에서 오직 한 천사만 가까이 온 것을 알고 그가 누군지 알고 싶어서 조심스럽게 이름을 물었다.

"당신의 고향 가까운 곳에 있는 이탈리아의 남북 해안 사이 산맥에서 가장 높은 1,700미터 높이의 까뜨리아 산이 있지요? 저는 그 산기슭의 오직 예배만을 위해 있는 수도원에 살던 피에뜨로 다미아노입니다. 제가 있을 때 그곳 수도원 사람들은 열심히 일하고 기도했습니다만 요즘은 지도자가 없어서 그런지 옛날 같지 않은 것 같군요."

피에트로 다미아노는 988년에 라벤나에서 태어나 부모로부터 버림을 받아 고난을 겪었으며, 형 다미아노 밑에서 자라나 1058년에 오스띠아의 대주교가 되었다. 그는 학자로서 성직자들의 부패한 생활의 탄핵자로서 잘 알려져 있다. 사람들은 그를 교회 박사라고 불렀다.

피에뜨로 다미아노의 말이 끝나자 어디선지 빛의 천사들이 한꺼번에 내려와서 성 다미아노를 에워싸고 환성을 질렀다. 단테는 순간 천둥이 울리는 것 같아서 무슨 말인지 알아들을 수가 없었다. 단테가 기가 질려있을 때 베아트리체는 어머니가 자녀를 돌보듯 단테에게 타일렀다.

"당신은 지금 천국에 와 계시니 놀라서는 안 됩니다. 지금 그 소리는 이곳 사람들이 올리는 기도의 소리입니다. 당신이 만일 천사들의 기도소리를 알아듣게 된다면 당신이 죽은 후에 받게 될 형벌도 알게 될 것입니다. 하느님의 벌을 빨리 받았으면 하는 사람들에게는 벌이 늦게 닥치고, 하느님의 벌을 두려워하는 사람에게는 벌이 빨리 닥치는 것처럼 생각 됩니다. 하지만 당신은 그런 생각을 하실 필요가 없습니다. 당신이 보아야 할 유명한 천사의 영혼들이 이곳에는 너무 많답니다.”

그때 베아트리체의 말에 따라 수많은 빛의 천사들이 단테에게 “무엇을 듣고 싶으신가요, 제가 설명해드리죠” 하고 다가왔다. 그때 가장 먼저 다가온 빛의 천사가 말했다.

“나는 까시노 산에서 베네딕도회를 창설한 성 베네딕투스입니다. 내 곁에 있는 별들은 모두들 묵도를 좋아하는 사람들입니다. 우선 두 사람을 소개해드리겠습니다. 한 사람은 알렉산드리아의 은둔성자로 수도원주의를 주장한 마까리오이고, 또 한 사람은 까말둘리 수도원의 창설자 성 르모알도입니다. 하느님께서는 야곱의 꿈에 나타나셔서 천사들이 많은 하늘나라의 사다리를 보여주셨습니다. 지금 지상에는 바로 야곱의 사다리에 오르고 싶어 하는 사람들이 아주 많습니다. 따라서 내가 쓴 것은 낡은 종잇조각처럼 되고 말았습니다. 지금 수도원들을 보면 너무 한심하기 짝이 없습니다. 보십시오. 성 베드로는 금 한푼 은 한푼도 없이 성교회의 기초를 마련했습니다. 나는 돈 없이 오직 기도와 단식으로 시작했으며, 성 프란치스코는 거지가 되어 수도원을 창설했습니다. 하지만 예수 그리스도의 그처럼 성스럽고 깨끗한 교리가 저들 수도원의 뒤를 잇는 수도자들은 모든 것을 돈에 의지해서 하려고 합니다. 따라서 수도원 창설자의 거룩한 뜻은 점차 더럽혀져갔습니다.”

성 베네딕투스는 480년에 울부리아 지방에서 태어나 수비아꼬 산의 동굴 속에서 살았다. 성인의 이름이 세상에 알려지자 510년에는 뷔꼬바로의 수도원장으로 임명되었으나 엄격한 계율을 시행했기 때문에 그를 독살하려는 음모까지 있었다. 그는 528년에 몬테카시노로 가서 이교인 아폴로 숭배의 신전을 헐고 그리스도 교회를 세워 주민들을 개종시켰다.

베네딕토회는 거기서부터 일어났으며 이후 몬테카시노는 서방에서 가장 큰 수도원이 되었다. 그곳은 나폴리와 로마의 중간에 있는 전략적 요충지로써 2차 대전 때 큰 피해를 입은 곳이다. 베네딕투스의 말이 끝나자 많은 천사의 빛들이 우르르 몰려서 위로 오르기 시작했다. 베아트리체가 단테에게 올라가자고 말했다.

단테는 마치 날개가 돋친 듯이 빛의 천사들처럼 사다리로 올라갔다. 아래를 내려다보니 하늘에는 일곱 개의 둥근 테두리가 손에 닿을 듯 아름답게 보였다. 그 아래는 더럽혀진 채 빛을 잃은 지구가 보였다. 일곱 개의 테두리는 지구보다 훨씬 크고 빠르고 깨끗하고 빛났다.

예수 그리스도의 꽃동산

만물이 자취를 감추는 밤새 정든 나뭇잎 사이에서 어미 새는 새끼와 함께 둥지에 들어가 새벽이 올 때까지 불타는 듯한 자애로운 정을 품고 해돋이를 기다린다. 베아트리체는 나무 위에서 어린 새를 맞이하듯 단테를 기다리고 있었다. 단테는 너무 눈이 부셔서 눈을 뜰 수가 없었다. 아아! 베아트리체여! 상냥하고 정다운 나의 길잡이여! 단테는 감격했다. 그러자 그녀가 말했다.

"그대를 압도하는 저 힘은 무엇으로든 막아낼 수 없습니다. 오랫동안 사람들이 애타게 기다리던 저 하늘과 땅 사이의 길을 열어준 지혜와 힘은 저 안에 있습니다. 이제 눈을 뜨고 내 모습을 보세요. 그대는 이제 내 미소를 견딜 만큼 눈이 강해졌을 거예요."

단테가 베아트리체를 바라보고 있을 때 다시 소리가 들렸다.

"단테님, 예수 그리스도의 빛의 발아래 피어있는 백합과 장미를 보세요. 장미는 성모 마리아의 빛이고 백합은 스승의 가르침을 사람들에게 전한 사도들의 꽃의 빛입니다."

그리스도의 빛이 엠삐레오의 하늘에 오르자 단테는 눈을 떴다. 그때 성모 마리아의 거룩한 모습이 빛나기 시작했다. 그 주위로는 횃불을 가진 가브리

조토 디 본도네의 예수 그리스도 프레스코화.

엘 천사가 나왔다. 이어서 지상에서는 모든 재산을 버린 덕망의 모범으로 알려진 사도들이 지금은 꽃동산에서 영원한 천국의 보배들을 갖고 있었다. 그들은 천국의 열쇠를 가진 베드로를 중심으로 기쁨과 승리의 노래를 부르며 행렬지어 내려왔다.

이윽고 베아트리체는 단테를 축하의 식장으로 안내하여 구약 신약 두 장의 양피지 위에 아낌없이 내리는 성령의 자비로운 진리를 가르쳐주면서 단테를 그들에게 소개했다.

"여러분은 지금 예수 그리스도의 큰 식탁 앞에 선택되어 초대된 행복한 사람들입니다. 그대들은 하느님의 은혜로 이곳에 오셨습니다. 아무쪼록 이분의 마음만을 보고 사랑의 샘물을 내려주십시오."

그 말들 듣고 있던 베드로가 기쁜 마음으로 두 사람 가까이 다가왔다. 베아트리체가 베드로에게 말했다.

"주님으로부터 기쁨의 열쇠를 받으신 성 베드로님, 당신께서 바다 위를 걸으신 그 믿음으로만 그를 시험하소서."

그러자 베드로가 말했다.

"그럼 한 가지만 물어보겠소. 그대는 자신의 신앙심을 어떻게 생각하고 계시오."

"성 바오로의 말대로 신앙이란 소망하는 바를 의심하지 않고 아직 본 적도 없는 하느님을 위해 성심껏 기도하는 것입니다. 하느님께서 선택하신 영혼의 목표를 정하고 그 목표가 또한 나에게 앞길을 제시해주는 것입니다.

그 다음 그들은 삼위일체의 교리에 관해서 많은 얘기를 주고받았다. 삼위일체란 성부인 하느님과 성자인 예수 그리스도와 성령은 오직 하나이며 일체라는 뜻이다. 베드로와 신앙에 관한 애기가 이번에는 제2의 빛 야곱이 나타나서 단테에게 말했다.

"소망이란 무엇이기에 당신의 가슴속에서 피어나는 것입니까? 그리고 소망은 어디서 오는 것입니까? 소망이란 미래의 영광을 기대하는 것이며 그 기대는 하느님의 은혜와 자신이 그 이전에 쌓은 덕망에서 생기는 것입니다. 수많은 성인들의 공덕의 별은 내게 옵니다. 그것을 내게 처음 준 분은 다윗 왕이었습니다. 그리고 신약과 구약의 두 성서는 그 목표가 무엇인지 우리들에게 알려주고 있습니다."

야곱이 그 말을 하고 있을 때 어디선가 '소망을 가지라' 라는 노랫소리가 들려왔다. 그리고 그 말에 맞춰서 별들이 성가를 부르기 시작했다. 이윽고 그 빛은 춤추는 소녀들과 함께 베드로와 야곱에게 다가왔다. 베아트리체가 단테에게 그것이 성 요한의 빛이라고 말해주었다. 그때 단테는 성 요한이 육체를 가진 채 천국에 올라갔다는 말이 떠올랐다. 그러자 그 빛이 단테에게 말했다.

"당신은 왜 내 육체를 보려고 하는지요. 나는 이미 지상에 육체를 두고 이곳에 왔습니다. 육신을 지닌 채 이곳에 계시는 분은 성모 마리아와 예수 그리스도 뿐입니다. 지상에 돌아가시거든 그 사실을 사람들에게 전하시오."

요한의 음성만 들릴 뿐 그 요한의 빛은 오직 눈부시게 빛날 뿐이었다. 단테는 요한의 빛이 너무 부셔서 베아트리체마저 보이지 않았다. 성 요한은 이어 사랑에 관한 말을 단테에게 전해주었다.

"다마스코 사람 아나니아가 하느님의 분부로 사도 바오로의 눈이 잘 보이도록 한 적이 있었으므로 베아트리체가 당신의 눈이 잘 보이도록 할 것입니다."

성 요한의 말이 끝나자 정말 베아트리체는 단테의 눈이 잘 보이도록 해주었다. 그러자 제4의 불인 최초의 인간 아담이 나타나 단테를 향해 말했다.

"당신이 뭘 궁금해 하는지는 내가 잘 알고 있습니다. 아담이 창조된 후 지금까지 세월이 얼마나 지났는지, 아담이 낙원에 얼마나 오래 살았는지, 그리고 인류가 죄를 짓게 된 이유가 무엇인지, 자신은 신으로부터 어떤 사명을 받았는지, 그리고 그 이유가 무엇인지 알고 싶은 것이겠지요? 제가 당신이 알고 싶은 것들을 말해주겠습니다. 내가 하느님의 노여움을 산 것은 금단의 열매를 따먹은 것이 아니라 내 분수를 지키지 않았던 점이었습니다. 그 후로 나는 지상에서 930년 동안 살았고, 림보에서 4301년을, 그리고 천국에 온 후로는 1266년을 살았으니까 모두 6498년이 되었습니다. 그리고 우리들이 사용했던 말은 넬브로토 사람들이 바벨탑을 쌓기 전에 완전히 없어졌습니다. 또한 내가 지상의 낙원에 산 것은 오전 6시부터 오후 1시까지 약 7시간이었습니다."

아담은 단테에게 그렇게 말했다.

천지창조

　전설에는 스파르타 왕의 왕비 레다는 조베 신에게 빌어 쌍둥이 가스또레와 뽈루체를 낳은 것으로 되어 있다. 그 쌍둥이가 있는 별의 궁전을 돌아본 단테는 거기서 곧바로 원동천이라는 제9천을 돌아보았다. 단테는 제1천 달에서 제8천 토성까지의 움직임을 관찰하고 있었다. 그때 베아트리체가 단테에게 말했다.

　"지상의 인간들이 간혹 탐욕에 빠져 타락의 비가 오면 모처럼 익은 과실들이 떨어집니다. 그래서 열매들은 어떻게든 유혹에 빠지지 않으려고 줄기를 붙들고 때가 오기를 기다려야 합니다."

　두 사람이 원동천에 올라가 빠르게 접근하고 있는 불의 테두리를 보았다. 그것을 천국에서는 천사 세라휘니라고 부른다. 그리고 그 아래에 있는 것이 천사 케루비니이다. 케루비니는 항성천을 맡고 세라휘니는 원동천을 맡고 있다. 제3의 천사인 보좌는 제7의 토성천을 맡고 제9천부터 제7천까지를 제1 등급 천사라고 한다.

　이 천사의 등급은 디오니시오의 말을 따른 것으로 제6천에서 제4천까지의 천사를 제2 등급 천사라고 해서 통치와 덕능과 위력을 뜻하고, 제3천에서 제1천까지의 천사 제3 등급은 군권, 대천사, 천사로 구분된다. 어느 등

미켈란젤로의 '천지창조'.

급의 사람도 위아래를 잘 조화시켜 하느님 쪽으로 끌어가고 있다.

천사의 등급별 맡은 바 임무를 소개한 베아트리체는 천지창조의 동기는 하느님의 인류에 대한 영원한 사랑에서 비롯된 것임을 단테에게 자세히 얘기해주었다. 단테는 그 말을 듣고 지상에서 왜 그리스도교회가 있어야 하는가를 진정으로 깨달았다.

성모 마리아의 장미

단테가 새벽에 마차를 타고 가는 도중 오께아누스 강에서 하늘로 올라가는 빛의 고향이라고 부르는 아우로오라의 여신을 만났다. 천사의 빛들은 이미 눈앞에서 사라지고 없었다. 베아트리체는 아까보다 더 아름다운 모습으로 빛나고 있었다. 그 아름다움은 하느님 이외에는 아무도 잘 알 수 없는 변화였다. 단테는 자신이 어느덧 원동천 이상의 세계에 오는 것을 깨달았다.

단테는 더 이상 아름다운 곳이 없다는 것을 알았다. 그곳에 온 기쁨은 말로 표현할 방법이 없었다. 베아트리체가 말했다.

"우리들은 가장 큰 테두리의 원동천에서 이미 벗어났습니다. 이곳은 완전 순수한 빛의 천계입니다. 이곳 지혜의 빛은 기쁨과 사랑으로 충만한 채 영원히 꺼지지 않을 것입니다. 이제 당신은 이곳에서 천사와 성도들을 최후의 심판 때처럼 숨김없이 볼 것입니다."

단테가 돌아보니 이미 눈부신 빛이 주위를 에워싸고 있었다. 그는 눈이 부셔서 앞을 볼 수가 없었다. 그것은 하느님의 특별한 부르심이었다. 그곳에는 봄의 꽃들이 피어나고 있었고, 시냇물이 흐르고 불꽃들이 구슬처럼 빛나고 있었다.

"눈앞에 보이는 것들을 잘 기억해두세요. 향학열이야 말로 당신의 가장 큰 매력이지요."

단테는 열심히 관찰했다. 하늘의 큰 강이라고 여겼던 것들이 점차 둥글어 지면서 태양보다 더 큰 호수가 되고 바람에 날려 떨어지는 불꽃은 그 호수 를 에워싸고, 큰 장미의 바깥 쪽 잎같이 변해갔다. 베아트리체는 단테에게 무슨 말을 할 듯하다가 단테의 손을 잡고 하늘 위의 장미를 향했다. 단테는 베아트리체와 함께 커다란 장미꽃 속으로 들어갔다. 자세히 보니 불꽃은 천 사들의 빛이었고, 장미꽃은 성도들의 빛의 모임이었다.

천사들은 빛나는 옷을 날개처럼 펄럭이며 마치 꿀벌이 장미꽃 속으로 모 이듯 꽃의 주위로 날아들었다. 천사들의 얼굴은 사랑의 불처럼 보였고, 날 개는 금빛으로 거룩했으며 그 밖의 꽃들은 흰 모습으로 향기를 풍기고 있 었다.

단테는 그 중에도 가장 아름다운 장미의 의자에 앉아있는 사람들이 누군 지 알고 싶었다. 단테가 주위를 살펴보자 베아트리체의 모습이 보이지 않았 다. 단테는 깜짝 놀라서 옆에 서 있는 노인에게 베아트리체가 어디 갔느냐 고 물었다.

"베아트리체는 나와 자네가 얘기를 나누게 하기 위해 제3 단계 장미의 자리에 갔네."

단테가 위를 올려다보니 베아트리체는 하느님의 성령의 빛을 받아 아름 답게 반짝이고 있었다. 그는 크게 놀랐다.

"아아, 나의 소망을 굳히고, 나의 구원을 위해 지옥까지 오신이여. 지금까지 나는 당신 덕과 힘으로 이곳을 구경할 수 있었습니다. 당신은 나를 노예로부터 구원하여 자유를 주셨습니다. 제발 내 영혼을 당신의 뜻대로 육체에서 벗어나게 해주시기를!"

단테의 진실한 기도에 귀를 기울이고 있던 베아트리체는 마침내 어디론가 깊이 자취를 감추었다. 그러자 존귀한 모습을 하고 있던 노인이 단테를 위로했다.

"나는 성모 마리아를 위해 일하고 있는 베르나르도라는 사람이오. 베아트리체의 말씀을 듣고 내가 대신 이곳에 나타난 것이오. 이곳은 내가 설명을 해드리겠소. 사랑하는 성모 마리아께서 우리들에게 은혜를 베풀어주실 것이오."

단테는 그 말에 깜짝 놀랐다. 베르나르도는 프랑스 태생으로 시토의 베네딕도 수도원 원장이 되었으며 특별히 성모 마리아를 사랑하여 많은 책을 저술한 성인이었기 때문이었다.

"당신은 지상과 천국의 아래쪽만 본 탓으로 이 하늘 위의 진정한 가치와 기쁨을 잘 알 수 없을 것이오. 좀 더 깊이 들어가서 이 나라 사람들이 어떤 여왕을 받들고 사는지 보시오."

단테는 성 베르나르도의 권고를 따랐다. 그러자 곧 하늘 위의 장미꽃 빛의 한 가운데 있는 황금의 땅에 불길이 보이면서 성모 마리아가 나타났다. 천 명 이상의 아름다운 천사들이 날개를 펼치며 성가를 합창하고 있었다. 성 베르나르도가 말했다.

"성모 마리아의 발아래 있는 아름다운 여인은 하느님이 창조하신 인류 최

라파엘로의 성모 마리아.

초의 여인 이브이고 그 다음 번 자리에 앉아계신 분이 라켈과 베아트리체입니다. 라켈은 지상에서 가장 먼저 묵상기도의 생활을 시작한 분으로 가장 먼저 이곳에 오실 수 있는 자격을 가진 분이십니다. 그리고 아브라함의 아내 사라, 그의 아들 이삭의 아내 레베카, 그 다음은 아시리아의 장군을 쓰러뜨려 적군을 두렵게 만들고 유대군에 승리를 안겨준 아름다운 유미트 부인, 제7번째 있는 여인은 다윗 왕의 증조모로 성모 마리아께 '저를 불쌍히 여기소서' 라는 노래를 쓴 시인 루쓰, 그 다음은 히브리 여자들입니다. 장미꽃 잎들은 구세주 그리스도가 오실 것을 고대하고 있었던 구약시대의 사람들과 그 이후에 그리스도 신자들이 된 신약시대의 신자들의 빛을 뜻합니다. 그리고 저쪽은 세례 요한, 아씨시의 성 프란치스코, 노루치아의 성 베네딕도, 이뽀의 성 아우구스티노 들이오. 한 가지 놀라운 사실은 신약시대의 신자들과 구약시대의 신자들의 수가 같고, 그 아래로는 귀여운 어린이들의 영혼이 있는 것입니다. 그처럼 은총의 나눔은 여러 가지로 다르지만 쌍둥이 에소와 야곱이 다르듯이 하느님께서 하시는 일은 공덕의 크기에 따라 정해지는 것이 아니라 그 배분 방법이 여러 가지로 다르다는 점을 아셔야 합니다."

성 베르나르도의 말을 들은 단테는 대천사가 성가에 맞추어 날개를 퍼득이며 날아가는 모습을 지켜보았다.

"지금 성모 마리아에게 날아가고 있는 날개가 바로 대천사 가브리엘이오. 그리고 저 높은 곳 성모 마리아의 바로 곁에는 인류의 첫 조상 아담과 그리고 교회의 아버지인 베드로가 있고, 그 옆에는 성 요한이 앉아있습니다. 그 반대편에는 이스라엘의 지도자 모세가 있고, 베드로의 맞은편에는 성모 마리아의 어머니 안나가 호산나를 부르고 있습니다. 그리고 아담의 맞은편에는 당신이 지옥에서 이곳에 올 때 그 말을 베아트리체에게 전했던 루치아가 있습니다. 자아, 이제 당신은 좀 쉬어야 할 때가 된 것 같소. 이제 마음의 여행 시간은 다 끝났습니다. 내 얘기는 이쯤에서 끝내겠소. 이제는 당신 마음을 하느님 쪽으로 두십시오. 당신은 하느님 앞에서 조금도 물러서지 않도록 기도를 해야 합니다. 그러기 위해서는 성모 마리아께 내 기도에 맞추어 구원을 청합시다."

이어 단테는 성 베르나르도가 하는 기도대로 성모 마리아에게 기도를 드렸다. *

'단테의 신곡'은 보통명사화 된 지 오래다. '단테' 하면 으레 '신곡'이 뒤따르고, '신곡' 하면 '단테'가 앞선다. 시인 T. S. 엘리엇이 "근대세계는 셰익스피어와 단테가 나눠 가졌다. 제3자는 존재하지 않는다."고 했을 만큼 단테는 '그리스도교적인 최고의 상상력'을 지닌 위대한 작가로 꼽힌다. 하지만 단테의 삶에 대해서는 그다지 잘 알려져 있지 않다.

단테 알리기에리Dante Alighiere는 1265년 5월 이탈리아의 피렌체에서 태어났다. 단테의 아버지 알리기에리 베를린 치오네는 그 당시 피렌체의 교황 당파인 궬휘당 출신의 귀족이고, 어머니는 벨라이며, 아내는 젬마이고, 세 아들이 있었다는 정도 말고는 집안 내력에 대해서는 잘 알려져 있지 않다. 다만 할아버지 카치아구가 신성로마제국의 십자군 전쟁에 기사로 참가했다 가 전사했다는 사실이 ≪신곡≫의 〈천국 편〉에 나오는데, 이것으로 단테 할 아버지의 정치적 종교적 성향을 알 수 있다.

단테는 라틴어학교를 다녔으며, 볼로냐 대학과 피렌체의 B.라티니에게 문법과 논리학과 수사학을 배웠고, 키케로와 세네카 등 명성 높은 당대의 학자들로부터 윤리학을 배웠으며, 함께 시를 쓴 유명한 시인 비르질리오가 그의 친구이다.

단테의 삶에서 특히 눈길을 끄는 것은 그 유명한 구원의 여성상 베아트리체Beatrice(1266?~1290)와 만남이다. 그가 아홉 살 때 보고 첫 눈에 반했다며 "그때부터 사랑이 내 영혼을 압도했네."라고 쓸 정도였으니, 그의 삶에서 베아트리체가 차지하는 비중이 어느 정도인지 짐작할 수 없다.

베아트리체에 관해서는 ≪신곡≫에도 등장하지만 그의 서정시집 <신생>에는 베아트리체의 아름다움이 더 잘 묘사되어 있다. 아홉 살 때 처음 만났던 베아트리체를 열여덟 살에 다시 만나 사랑에 깊이 빠진 단테는 그녀와 연인관계를 유지하며 꽤 오래 사귄 것으로 알려져 있지만 정작 결혼을 하지는 못한다. 베아트리체는 시모네 데 발디라는 남자와 결혼했다가 1290년 25세의 젊은 나이에 세상을 떠나는데, 이 베아트리체와 이루지 못한 사랑의 감정은 단테의 시에 큰 영향을 끼친 것으로 알려져 있다.

단테는 베아트리체가 떠난 지 3년 후인 1293년경에 서정시를 덧붙인 산문 <신생La vita nuova>을 발표하는데, 이 작품은 잘 알려져 있다시피 베아트리체와 단테의 관계에 대해 연대기로 묘사한 것으로 유명하다. 이 작품에서 단테는 베아트리체를 향한 자신의 감정의 본질을 드러내는데, 특히 베아트리체의 죽음을 접하고는 괴로운 심정을 쏟아낸다. 그러면서 그는 이 작품의 마지막 장에 "아직까지 어떤 여자에 대해서도 쓰인 적 없는 작품"을 쓸 수 있을 때까지 더 이상 베아트리체에 대해 아무 것도 쓰지 않겠다고 맹세한다. 이 맹세는 ≪신곡≫의 집필로 지켜진다.

한편 단테는 청년시절에 기병대에 입대하여 깜발디노 전투에 참가하기도 했으며, 35살 때인 1300년에는 피렌체의 프리오레라는 오늘날 대통령제의 국무위원 같은 지위에 올라 공직생활을 거쳤고, 그 후에는 피렌체의 대사가 되어 한때 로마 교황청에 파견된 적도 있다.

그러나 그가 피렌체를 떠나 있는 동안 피렌체에서는 군사 쿠데타가 발생하여 단테가 소속된 교황당인 백당이 큰 참패를 당하는 일이 발생한다. 결국 이 일로 단테는 1302년 흑당 정부에 의해 공금 횡령죄로 2년간 국외 추방령과 함께 벌금형을 선고 받는다. 하지만 단테는 자신에 대한 흑당정부의 이 같은 처분이 부당하다며 시의 출두명령에 응하지 않는다. 그러자 그는 괘씸죄까지 더해져 피렌체로부터 영구추방을 당한다. 만일 그가 귀국하여 체포되면 화형에 처한다는 전제조건이 붙은 큰 형벌이었다. 그로부터 단테는 20여 년에 걸친 방랑생활을 시작한다. 단테는 그 후로도 피렌체로 귀향하지 못하고 1318년 라벤나의 영주인 폴렌타가 제공한 교외의 숲(지금의 그랏세)에서 세계 최고의 걸작 ≪신곡≫을 집필했다.

하지만 단테는 결국 피렌체로 귀향하여 계관시인으로 추대 받고 싶었던 자신의 오랜 염원과 꿈을 끝내 이루지 못하고 1321년 9월 라벤나 영주 폴렌타의 외교사절로 베네치아에 다녀오는 길에 세상을 떠나고 만다. 그의 유해는 지금도 라벤나의 성 프란치스코 사원 한 모퉁이에 묻혀 있다.

≪신곡≫은 단테의 문학과 종교 사상을 총체적으로 결집한 작품으로, <지옥 편>은 1304~1308년에 썼고, <연옥 편>은 1308~1313년에, <천국 편>은 그의 생애의 마지막 7년 동안에 완성했다. 이 작품에 등장하는 시들은 단테의 친구이자 볼로냐 대학 교수였던 G.데르 비르질리오Virgilius에게 보낸 것들이다.

단테에게 있어 비리질리오는 베아트리체 다음으로 중요한 의미를 지니는 인물이다. 장편서사시 〈아이네이스Aeneis〉로 유명한 그는 로마의 시성으로 불릴 만큼 뛰어난 시인으로 ≪신곡≫에서 단테의 지옥여행을 안내하는 길잡이이자 스승으로 나온다.

≪신곡≫은 〈서곡〉을 포함해서 〈지옥 편〉 34곡, 〈연옥 편〉 33곡, 〈천국 편〉 33곡 등 모두 100곡으로 된 방대한 시 작품으로, 그 줄거리는 단테가 35세가 되던 해에 지옥과 연옥과 천국을 일주일 동안 여행하는 형식을 취하고 있다. 당대에는 대부분 문학작품들이 라틴어로 썼음에도 불구하고 단테는 그 관습을 과감히 깨고 모국어 이탈리아어로 이 작품을 썼다. 특히 ≪신곡≫은 당대에 번영한 도시국가인 피렌체를 배경으로 신성 로마제국의 가톨릭적 운명을 적나라하게 묘사했으며, 자기가 살던 시대의 교황 7명 가운데 마르띠노 4세와 베네데또 11세를 제외하고는 모두 지옥에 떨어졌거나 앞으로 떨어질 것으로 예고할 정도로 교회에 비판적이었다.

이처럼 ≪신곡≫은 놀랍고도 풍부한 상상력으로 중세 천년의 침묵을 깨고 르네상스를 여는 단초를 마련하며 지금까지도 끊임없이 읽혀오는 고전 중의 고전이 되었다.

1265년 이탈리아 피렌체 산 마르티노에서 아버지 알리기에리 베를린 치오네와 어머니 벨라 사이에서 외아들로 태어나다.

1270년 어머니 벨라 사망하다.

1274년 단테가 첫눈에 반했다는 구원의 여인상 베아트리체와 처음으로 만나다.

1275년 이때부터 약 20여 년간 신학을 비롯하여 다방면에 걸쳐 교육을 받다. 라틴어학교를 다녔으며 볼로냐 대학과 피렌체의 B.라티니에게 문법과 논리학과 수사학을 배웠고, 키케로와 세네카 등 명성 높은 당대의 학자들로부터 윤리학을 배우다.

1283년 아버지 사망하다.
아홉 살 때 만나 첫눈에 반했던 베아트리체를 9년 만에 다시 만나 사귀다.

1289년 기병대의 일원으로 전투에 참가하다.

1290년 연인 베아트리체가 스물다섯의 나이로 죽다.

1291년 피렌체의 명문 도나티가의 딸 젬마 도나티와 결혼하다.

1292년 베아트리체의 아름다움을 잘 묘사한 서정시집 〈신생〉 집필하다.

1295년 약제사 조합에 가입하다.

1296년 피렌체 100인위원회에 가입하다,

1300년 피렌체 6인 최고 행정위원으로 선출되다.

1302년 흑당 정부에 의해 공금 횡령죄로 2년간 국외 추방령과 함께 벌금형을 선고 받지만 부당한
　　　　처분이라며 출두명령에 응하지 않아 영구추방 되어 20여 년에 걸친 방랑생활을 시작하다.

1304년 언어문제와 시작을 다룬 라틴어 논문 《속어론》과 《향연》을 집필하다.

1306년 《향연》 집필을 중단하고 《신곡》 〈지옥 편〉을 집필하다.

1308년 《신곡》 〈연옥 편〉을 집필하다

1313년 《신곡》 〈천국 편〉을 집필하다.

1315년 《제왕론》을 집필하다.

1321년 고향 피렌체로 돌아가지 못하고 라벤나에서 말라리아로 사망하여 라벤나 땅에 묻히다.

엮은이 **유홍종**

유홍종은 서울에서 태어나 연세대학교 국문학과를 졸업했다. 기독교방송 프로듀서와 동아일보 기자를 지낸 그는 〈현대문학〉의 소설 추천으로 문단에 나왔다. 〈월간문학〉에서 '달빛소리' 로 시 부문 신인상을 받기도 한 그는 장편소설 〈불의 회상〉으로 대한민국 문학상 소설부문 신인상을 받았고, 중편소설 〈서울에서의 외로운 몽상〉으로 소설문학 작품상을 수상했다.

주요작품으로는 몽상과 판타지의 관념 세계를 현실과 접목시켜 구상화한 〈불새〉와 〈죽은 황녀를 위한 파반느〉 〈북가시나무〉 〈슬픔의 재즈〉 등 창작집이 있고, 장편소설에는 구조적 폭력에 희생되는 인간상을 휴머니즘의 시각으로 다룬 〈서울무지개〉를 비롯하여 〈카인의 도시〉 〈조용한 남자〉 〈유리 열쇠〉 〈아사의 나라〉 외 다수가 있다. 또한 그는 인간 붓다의 생애와 가르침을 쓴 〈논픽션 붓다〉와 한국의 초기 천주교회사를 다룬 〈한국 천주교회사 왕국의 징소리〉 등 본격적인 논픽션 작품들을 내놓기도 했으며, 구한말 명성황후의 비극적 사건을 추적한 다큐멘터리 소설 〈명성황후〉도 냈다.